Oskar Pastior war der größte Sprachartist, Wortspieler und Buchstabenphantast. Seine Gedichte wirbeln die Sprache durcheinander, dass das Sinnvolle ganz unsinnig klingt und das Absurde plötzlich logisch erscheint. Diese spielerische Seite, die Lust, das Raffinierte, Überraschende und immer Unerwartete – all das begeistert an den Gedichten Oskar Pastiors.

Oskar Pastior wurde 1927 in Hermannstadt/Sibiu (Rumänien) geboren. Nach dem Einmarsch der Roten Armee in Rumänien wurde er 1945 in die Sowjetunion zwangsdeportiert, kehrte 1949 nach Hermannstadt zurück, studierte in Bukarest, nutzte 1969 einen Aufenthalt in Wien zur Flucht und lebte seither als freier Schriftsteller in Berlin. Für sein Werk erhielt er zahlreiche Auszeichnungen und wurde 2006 mit dem Georg-Büchner-Preis geehrt. Oskar Pastior starb am 4. Oktober 2006.

Michael Lentz, 1964 in Düren geboren, lebt in Berlin und Leipzig. Er ist Autor, Musiker (Sprecher, Saxophonist) und Vortragskünstler. Für seine Literatur wurde er u. a. mit dem Ingeborg-Bachmann-Preis und dem Preis der Literaturhäuser ausgezeichnet. Im S. Fischer Verlag und im Fischer Taschenbuch Verlag erschienen die Prosabände »oder.«, »Muttersterben«, der Roman »Liebeserklärung« sowie der Lyrikband »Aller Ding« und zuletzt der Roman »Pazifik Exil«.

Unsere Adresse im Internet: www.fischerverlage.de

oskar pastior

durch – und zurück

gedichte

herausgegeben
von **michael lentz**

fischer taschenbuch verlag

Veröffentlicht im Fischer Taschenbuch Verlag,
einem Unternehmen der S. Fischer Verlag GmbH,
Frankfurt am Main, Oktober 2007

Diese Ausgabe erfolgt mit freundlicher Genehmigung
des Carl Hanser Verlages, des Verlages Urs Engeler Editor und
der Oskar Pastior Stiftung, Berlin.

Satz: Pinkuin Satz und Datentechnik, Berlin
Druck und Bindung: Clausen & Bosse, Leck
Printed in Germany
ISBN 978-3-596-17676-2

Inhalt

Texte aus den Jahren 1952–1957

Das periodische System

Sapaturi Zugraveli Parodie Herodes leer
Rhapsodie (tu veux l'Ascagli)
Willst mich Angst, peur tu veux peur.

Ha du bangst
Zelan Scham versankst
Tamara Gram und sankst zur Angst
zur Angst zur Angst –

Beli Boku
Stisa Flune
Namagalsi Phoschwehklar
Kakazkati – Wackermann : Feconi!
Cucygalgen! Assel! Brotcryp!

Nochmal: elle s'enfuit chandelle
Zelan Lambrioso gut
Alles schaltet im Kristalle
Falle ich im Seifenballe
Zelan Lambrioso Galle
Falle ich zur Goldkoralle –
Stisa Flune gut.

Beli Boku (nimm die Seele)
Stisa Flune – ich erwähle
Nun die Hand des Namagalsi
Nun die Ferse Phoschwehklar
(Wo die Angst gewesen war?)
Reife nun und Kakazkati
Les entrailles de Candralati
Les oreilles du Musulman –
Feconi erscheine scheine
Chromalantes, Feconi!

Schrift in einen lichtlosen Abendhimmel

Ich kenn dich.
Ich kenn dich im Garten.
Ich kenn dich im brennenden Garten unter georgischen Kirschen.
Ich kenn dich lächelnde Hüfte im dunkelgebeizten Tafelholz.
Ich kenn dich wie dein Wolkenmund täglich das Tal herauf kommt.
Ich kenn dich versteckt bei der Distel im rauchenden Mondlicht.
Da brodelst du.

Deine Haare sind bei mir schon gefallen.
Deine Augen nesten sich warm unter mein Lid.
Auf deinen Schultern trage ich die Pollenkörner, den Maistabak der ganzen Welt.
Durch deine Schuhe betteln meine Nägel.
Deine Flügel haben dies Lied getauft,
Paulus.

(9. November 1956)

Offne Worte

Isotope

Die Worte umschreiben dich.
Ohne Worte kann ich dich nicht fassen.
Ich möchte dich auftun wie eine Truhe,
doch die offne Truhe bist nicht mehr du.

Meine Gedanken beißen in dich,
die Süße der Birne ist wie Harz, ist wie Wunde.
Einzugreifen bis ins Kerngehäuse – ach,
fremd bist du im Abdruck meiner Zähne.

Deine Wirkung lesen an allem, was du berührst,
meine Impulse erkennen, hindurchgegangen,
an einer Äußerung, weither wie aus den Sternen.
Ich selber bin schon anders, weil ich dich berührte.

Lieben in dir das Unbesehene, Niegekostete,
wie ich es wandeln möchte,
bis wir beide uns verstrahlen
in der gleich guten Halbwertzeit.

Wortschatz

Weißt du, wieviel Blätter rauschen,
wenn es Abend wird, im Baum?
Habe, als die Sterne kamen,
einzeln sie benannt mit Namen
und bin noch am Anfang kaum.

Wie du bist, und wie ich möchte,
daß ich dir zuliebe bin –
Und mit jedem Stern, mein Mädchen,
kam mir, und mit jedem Blättchen,
etwas Neues in den Sinn.

Und ich füllte ganze Bände,
und es wuchs dabei mein Schatz.
Dunkel war am Zaun die Pforte,
doch wie hell waren die Worte,
die ich nachsprach, Satz für Satz,

Welch ein Sommer! Welche Wärme
kommt von deinem Fenster her!
Schlafe nur, von Baum und Sternen
will ich auswendig dich lernen –
doch das ist verteufelt schwer,

denn wie kann ich selber bleiben,
da du rauschst in mir als Baum!
Habe halt recht unbesonnen
mit dem Aufzählen begonnen,
und bin erst am Anfang kaum.

Mit einem Gedicht von Nina Cassian

Wir sollen uns öfter Geschenke machen.
Achtsam einprägen die Geburtstage, und
nicht vergessen, daß eine Orange
ein kleiner Erdball Freude sein kann.
Mit einem Sinn begleiten sollen wir den Gegenstand, und
das Wort auch aussprechen, denn
nie überflüssig ist das Selbstverständliche, und
ungeschenkte Geschenke sind traurig wie
gepreßte Blüten in Büchern.

Geben wir unseren Freunden Tücher, zu winken
ihren Freunden!
Ein paar Takte Musik, die wir brauchen,
bleiben unverloren bei ihnen.
Doch wer eben verliebt ist, empfange von uns
einen Becher Sternenraum, zu kreisen
auf den eingeschliffenen Meridianen unseres
Vertrauens.
Auch rühren wir mit einem Päckchen Vorschuß
wundersam ans zugefrorene Fenster:
es taut, die Pfeiler klingen, und wir
atmen gemeinsam, was
niemals uns fremd war.

Niemals sind unsere Geschenke zu groß.
Niemals zu klein.

Mit einem Seelenwärmer

Was das Schaf nach außen trägt,
hab ich dir ums Herz gelegt:

Sommerwind aus sieben Tälern,
arg verfilzt mit meinen Fehlern,
viele kleine Abendsterne
und den Mond: ich hab dich gerne.
Preiselbeeren, Enzian
hängten sich wie Kletten an,
und die höchste weiße Wolke
kam herab wie Milch und Molke.
Mittags aber wusch der Quell
Lehm und Lieder aus dem Fell.

Dieses, wenn dich drückt ein Schmerz,
leg ich zottig dir ums Herz.

Abrechnung

Das Standbild der Undeutlichkeit nährt sich von gepökelten
Paradoxen.
Die Vorhangzieher des Wortes verhüllen das Schandenmahl,
bei welchem Trunkenbolde Zuhälter sind.

Nicht weniger gefährlich sind die
Eintänzer der scheinenden Logik, die
Jongleure der unwirklichen Widersprüche, die
Aufhalter der Zeit im Kostüm der Vollkommenheit.

Die Nützlichkeit von Versen erweist sich außerhalb der Verse,
in den Dingen,
wenn sie nützlicher werden.
Ebenso ihre Schönheit, wenn die Menschen die Verse
gebrauchen,
um besser zu werden.

Gedichte

Die Karte

So wie Städte, Flüsse, Straßen und Betriebe
müßten auch unsre Gewohnheiten
namentlich eingetragen sein
auf einer komplizierten Karte.
Hier entspringt die schnelle, hier die kleine Geduld.
Dies sind die Föhren mit dem Kopf in den Wolken,
dies die Schluchten des Argwohns.
An dieser Stelle wird nach Gewissenhaftigkeit gebohrt
und hier, diese dichtbesäten Flächen bedeuten,
daß man versucht, Dinge gemeinsam zu lösen.
Es gibt noch weiße Stellen.
Auch Überschwemmungsböden,
auch Flugsand.
Der große Viadukt des Vertrauens fehlt natürlich nicht,
auch nicht die kleineren Brückchen, die den
Übergang aus der Region des Gehorsams
in die der fröhlichen Disziplinen erleichtern.
Selbst Fußspuren sind eingetragen und in der Legende benannt:
diese gingen über Menschen,
diese gingen hinter den Menschen,
diese über den Menschen
hinaus.
Im Amt für Statistik
sind so viele begabte Graphiker damit beschäftigt,
täglich diese Karte umzuzeichnen.
Dabei wird sie präziser,
aber auch geschlossener,
lesbarer im ganzen,
tiefer im Detail.
Sie ähnelt schon dem Bild,
das ich mir ins Zimmer hängen möchte,
und eben deshalb
wart ich immer wieder
die morgige ab.

Im Dämmern

Im Dämmern an dem Fenster stehn,
auf den zerfurchten Bauplatz sehn:
es regnet.

Die Stunde fühlen und allein
bei dieser Stunde Gast zu sein –
es regnet.

Da langsam sich das Licht verspart,
wächst in dem Haus die Gegenwart.
Es regnet.

Und Sand und Wand und Klang wird heut
so ganz Unwiederbringlichkeit.
Es regnet.

(1954)

Am Kai

Es ist so tag
noch überall.
Kein Stundenschlag,
kein Sternenfall.

Das Wasser fließt.
Ich seh die Zeit:
Ihr Giebel ist
schon golden weit!

Nichts kann mehr bös
und dunkel sein.
Ich steh und lös
mich selber ein.

Und alles, da
das Leben währt,
gibt sich mir nah
und unversehrt.

Verhalten

Da die Mädchen aus Căpîlna
da die Mädchen heute abend
aus Căpîlna hin zur Mühle
auf der Pappelstraße singend
hin zur Mühle aus Căpîlna
sich wie Pappeln leise wiegen,
geht ein Windstoß aus Căpîlna
durch die Mädchen hin zur Mühle
durch die Pappeln die heut abend
hin und wieder leise wiegen
reglos wenn ein Schein des Mondes
von der Mühle nach Căpîlna
anhält. Und die Mädchen
ziehen zögernd schon den nächsten
kleinen Stich durchs blaue Linnen
da die Pappeln an der Straße
aus Căpîlna hin zur Mühle
leise wiegen.

Erlaub mir den Scherz der Dichter,
daß ich dich beim Namen nenne und vertraulich anrede,
mein Herz, du alter Findelstein, du
unbequemer Geselle.
Oft schon habe ich deinetwegen
die Welt versäumt,
bin vorbeigegangen, wo ich hätte bleiben müssen,
hab Chimären gejagt, die mich jagten,
und die leeren Hände im Eisbach gekühlt.
Du hast mir die Wünsche verpfuscht,
daß sie in keinem Herd mehr brennen,
sondern qualmen, bis die Eisblumen
vor meinen Augen seltsam lebendig werden.
Oh, polternder Mühlstein, wenn du wüßtest,
wie schwer du manchmal bist,
wie überständig das Brot schmeckt,
mit dem du mich erfreuen willst.
Oft übermannt mich die Kälte,
daß ich dich hinaustragen möchte in den Wald
und Zuflucht suchen, gemeinsam mit dir,
in einem hohlen Baum.
Doch wer, wenn der Schnee schmilzt,
wird dort finden, was übrigblieb von uns beiden,
und den rissigen Findelstein
aufnehmen bei sich?

Stunde der Schenken

Ich seh die Gläserstarrer aller Zeiten,
wie sie an hölzernen Tischen einmünden
ins Sargassomeer, Nüsse zerschlagend
dann und wann mit blutenden Fäusten,
deren Schwielen gegen Mitternacht aufbrechen,
wenn das Sternlicht zu stark ist.
Ich seh ihre Rücken wie geblähte Segel
vom Wind, der aus den Gläsern kommt
und ihre Augen nach innen gekehrt hat.
So treiben sie hin, steuerlos, eine schweigende Flottille,
kleiner, immer kleiner, bis zum Horizont
abschiednehmend vom grünen Ufer
mit leuchtenden Stirnen.

namenaufgeben

Etwa im Windsprengel
hart am Altbogen
dort wo das Rutenwehr
die Pontica-Brücke bespült.
Also ungefähr drei Grundsätze
unter dem Farbdruck
mit dem Abendland
und kurz vor der Stelle
wo die Sprache verständlich wird
klopfe ich heute
von innen von außen
das Meta-Ikon
mit dem Büffelhuf ab:
Kupfernes Tor zum Traubenepitaph
unterm Großen Wagen.

... und Melchior, sie kamen
in großem Stil. Voran
die Erinnerung an etwas,
und dann die alten Namen
Myrrhe, Merlin und Gofan.
Auf Eselchen, im Zwerchsack:
Balladenzeit und Käse.
Dann die Hofsilben mit blauen Backen
und unterm Baldachin: Frau Exegese.
Die Bären und die Büffel
zogen nächtelang mit.
Ganz allgemein folgten die Berge
durch den Schnee im Humpelschritt.
Wir hatten im Ohr ein Klingen
und im Auge verwunschene List.
Herr Akkra rief nach den Dingen,
wollt rasten am Wallenstein.
Der Mond war ein weißer Bovist.
Und wir gingen und gingen und gingen,
Myrrhe, Merlin und Gofan,
mit Eselchen und Sänften
zum Riesen Schurian.
Dem bringen wir von allen Gaben
die schönste, die wir gar nicht haben,
vors Immertor ans Molkenblau,
behütet von der Wolkensau,
die schenkt uns ihren Wörtersee,
der reicht ins Land der Aberfee.
Die hat ein Aug aus Eise,
dort kehren wir die Reise
langsam zum Anfang ein.

Tunklied bei kleinem Wasser

Lott ist tot, Lott ist tot,
Liese liegt im Sterben.
Sandstein, Wurzeln und Carbon,
Zwiebelmusterscherben.
Eins, zwei, drei und vier,
die nassen Katzen sind in Not,
Loch Neß ist wieder hier.

Das ist gut, das ist gut,
können wir was erben,
Weiden, Schnoken und Libell,
Spinnenfuß mit Kerben,
A, E, I und O,
die Leute sagen, U ist tot,
und U ist wieder O.

Kokelsupp, Kokelsupp,
Abend kommt sie färben,
Schliffer, Salzfaß und Burik –
abziehn, trocknen, gerben.
Grün, Grau, ganz und gar,
im Tiefen sagt man ist es kalt,
doch das ist gar nicht wahr.

Tank ist Tenk, Tink ist Tonk,
Tunke fließt im Bogen.
Sandstein, Wurzeln und Carbon,
wer hat hier gelogen?
Ich, du, er und sie,
die Schnoken sagen, wir sind ihr
und übermorgen sie.

Lott ist tot, Lott ist tot,
Liese liegt im Sterben.
Das ist gut, das ist gut,
können wir was erben.
Eins, zwei, drei und vier,
die Leute sagen, Lott ist tot,
doch Lott ist wieder hier.

Und wird man mich fragen,
wo ist dein Haus,
so ziehe ich mir die Schuhe aus
und trink aus dem Eimer und esse das Brot
und schweige.
So darf man nicht fragen.

Mein Geheimnis gebe ich niemandem preis.
Fragt die Schuhe, fragt den Eimer, fragt das Brot.
Es gibt Freiheiten, von denen niemand weiß,
und Gesetze mit Schweigegebot.

Ich bin zum entscheidenden Wachsen bereit.
Der Boden wartet. Mich säte die Zeit
unter den Fuß der Karpaten.
Schon kräht der Hahn auf der Steige.
Doch in der Stille sind Sagen,
die kein Treuhänder kennt,
von Fortsetzung, Bläue und Saaten.
In meinen Wurzeln schreit
glänzendes schweres Öl nach dem Spaten.
Ich bin in einen Raum geraten,
der mich mit Schwüren durchwellt.
Und durch die Zweige brennt
Orient und Okzident.

Mein Ginkgo Biloba, ihr heißen Reservate
für Postkutschen, Roßtausch und
Sitzfleisch im Neumond –
wann hat der Fahrgast von Helsingör
das einfache A aus dem Blasbalg entführt,
und verrufen blieb Taste und Tabulatur?
Botanische Gärten, ab und zu
Schulhöfe, Herbergen west-östlichen
Laubs vor dem Fenster, wo hat der Frager
das Halfter abgelegt, unter welchem
Ecknagel den Vätergeist beschworen?
Im Einkehren und Aufbrechen
sind zweierlei Gnaden, und im
vergilbten Herzleder, ver-
schwägert, verschwistert, versippt,
atmet Ginkgo Biloba
Frühling und Herbst.

Löwengrube, ich nehm dich beim Wort,
meinem Stadtwort, dem Kindswort, dem
Hundsrückenwort, das Apád Kraus mich lehrte.
Namen-Magie in der Löwengrube, abge-
tragen während der Geschichtsstunde, Apulumziegel
und Hunnenziegel, Stein um Stein, Behausung
fahrenden Volkes, Mähne um Mähne
abgetragen, eben gemacht bis zur Schulglocke.
Ich nehm dich beim Wort,
Pause in der Löwengrube.
Völkerball brüllend auf
gelbem Sand.
Sehnen gerissen. Und Gipsverband.
Laokoon in der Löwengrube.

Ich
muß
Eisen fressen:
Immer noch
zieht meine Waagschale nicht.
Ich
werde
mit der eisernen Waage beginnen.

Istanbul, wie es sich bewegt,
wenn der Schlaf durchs Goldne Horn blickt.
Istanbul wie es farbig schläft,
wenn mein Mittag sich deine Augen borgt.
Istanbul, immer das andere
Istanbul, das hinter dem Schlaf
sich bewegende, hinter dem Mittag
farbig schlafende andere Istanbul
deiner Augen.

Alles, was verschlüsselt war,
Ahnung voller Vogelsprache,
deutet sich nun ohne Scheu:
Du warst Spreu und ich war Spreu
Herbst vertritt in unsrer Sache,
die Belange offenbar.
Orphisch kommt die neue Kindheit
in uns selber auf uns zu.
Klarheit füllt die Wiesenlande.
Und so sind wir schon imstande,
wortlos unterm Baum zu stehn.
Ich werd ich und du wirst du,
wenn wir in den Abend sehn.

Vom Sichersten ins Tausendste

Unter Trappe

was man sich so
unter Trappe
vorstellt
was man
anfängt damit
und wohin es führt
woher es denn hat
diese trappenmäßige
Natur auf Anhieb
und was wäre
was man so unter
Trappe vermutet
anders als Trappe

Die sogenannten
Hütten nun ja
und deshalb aber
eigentlich wie
das sind doch
die Hütten
und nicht
die Hütten
ach so das
waren das heißt
wir werden
wem denn na
ihnen den
Hütten den
sogenannten

Stradun wo gurgelt
der Anker
gurgelt Apokoinu
sah Stradun steigen
die Plötze
sah steigen ein Sinnbild
sah gurgeln ein
Schützengraben
Apokoinu ein
Brenner Feuer-
werk wo gurgelt
Odul die Plötze
sprang in den Graben
goldener Banker
wo schwarz Stradun

Wo der Wind
sich auf Harnisch empfiehlt
fischen die Sagen
Gutnacht
meistern die Wasen
wann kommst du wieder
Garbaldi
alter
bebilderter
Bost

Konstitution

was ist das
das ist ein
Fremdwort ein
Körper was
fremd ist
Corpus sozusagen
das ist was
Lustix
na also
was
Morz
konsti
tutio
nelles
was
Munterdrauflosix
vivendus
nianders
was zwitschert
der Affe
dasaudum

Dolle dolle

abgebogen
aufgeflogen
noch zur rechten
endlich andre
achtuliebe
haft und schicke
aufgezogen
meine grüne
auch zur linken
das sind unsre
schweren schwachen
zartbe ach und
schick und haften
Götter wen die
loben

Dich Sophia hat mein Grübeln
wie ein Streitroß aufgepäppelt
vor der Nacht am Helikon
Firlefanz und Samtkamellen
wissen von der Hauptverwendung
noch so wenig wie Herr Lorenz
als man ihr zur Zeit zitierte
und es waren seine beiden
Harfenpudel noch ein wenig
viel zu einsam für die Schur
daß nun deine Nachttrompete
im gesprenkelten Gefolge
und auch ohne Federflor
furkt und zarkt wie eine Puppe
daß der Pamm dich stutzig macht

Vom Sichersten ins Tausendste
und auch Pirol gelangte schon
zum Regen aus der Traufe
da war Pilatus noch im Feld
und ungezwitschert blieb die Weite
vom Hundertsten ins Bläueste
von Mann zu Mantua und Manchen
von Weitenheim zu Langenflur
zur Nachtruh von Katharso
kam der Profoß zu seinem Pferd
und auch der Berg zum Hetschenpetsch
vom Kürzesten zum Sommersten
zu naß zu kurz zu Fuß zustand
kam der Pirol ins Tausendste

Im Siechenhaus hat das Malheur-Mensch genächtigt
oh Kummer wie sind die Kohlrabi so glasig
mein Herz Almaviva schon bibbert der Zipper
und neunmalneun Häschen sind neunmalneun Häubchen

hörst du am Holzplatz die Flurschützen blasen
hinaus Fli-Fla-Fleuge zum Märzgeneral
ju ju das Malheur-Mensch mein Herz Almaviva
eins grad eins genadelt oh Kummer zeig her

nein nein auf der Stiege ich sah was im Waschhaus
auch mein Oleander war sulzig zerdrückt
im Siechenhaus sind die Kohlrabi so glasig
mein Herz oh Malheur-Mensch wie bibbert der März

Unterforderte Krausbirn
wie wärs mit radikalerem Aufprall
matschiger plotziger viel-
leicht auch reifer im Ausquatsch?

Nautilus wäre im Bau noch?
aber das sammelnde Pneuma
der Hundstagsbesitzer?
aber der Igel im Gras?

laß nur die fletschigen Sonntagskartätschen
der Loh-Hecke wird kein Haar gekrümmt
aber die Maische aber die Maische
ist blau schon wie wärs wie wärs nicht

Wer kommt denn da so morgenschön?

Wer morgent da so schön heran?
Wer schönt heran so morgenda?
Dat wer schön so am Morgen?
Wer kömmt da mor wer dennt da schön?
Wer gent so mör wer sot so kömm?
Wer hert wer wert denn sö?
Kömmt da wer?
Mört wer dä?
Wer dä!
Mörg

Aber Kapelger so sich zu wundern
am Philosophengang
klappern nur Veilchen
doch ich hab zuerst die Kaninchen gesehn
doch du willst lieber den Krempel drehn
jelängerjelieber Kapelger
Kapelger jelieberjelänger
da wars um den Unfug geschehn
Geduld Geduld am Krempelbach
klappert es stief in der Mütterchensprach
da will sich ein Findelröselein fein
die Diasporen verdienen
kafeinerkaliber Jepelger
Jepelger kaliberkafeiner
und dabei wär ein Sack Sultaninen
als Komet überm Jenseits erschienen
motivgekühlt in der Kandiskist
hat Lunette einen Rettich geküßt
oh Kapelger
wenn du das vergißt
darfst du Gartenbursch sein
jelängerjelieber Kapelger
jelieberjelänger

Tausendschön und andre Scherze
nennet Flur vorübergehend
bandelt Ohr mit Auge an
unbescholten vor Marktschelken
kommet Tempora und Mores
Liedlein will am Reußbach tanzen
doch die Schürzen habet Bänder
und auch Pfänder winket fleißig
achtet auch die Himmelsschlüssel
Hundszahn Lauch und andre Werke
habet Auge Stumpf und Stil

Ich sitze stumm und kraule
das Kleinhirn zwecks Belebung
die Sprache zwecks Bestrebung
und die bewegt sich doch
mich läßt sie kühl doch heiter
noch sitz ich auf der Leiter
und seh den Hasen zu
nun hat der Topf ein Loch
stopf es zu lieber Hans wenn aber
wenn die Welt eins hat was dann
nur gemach nimm die Sprach
stopf es zu
über allen Steigen
ist Ruh

Texte der Jahre 1958–1972

Harmlos
über Sackfaser-
asche selten
entschiedenes
Spielwort

Zwiewort, mein
welker Richter
aus Urnen
fühl ich den Griff
nach der Kugel

Marmeläugiges Los
tauft
im Wind
auf der Schanze

Harm, mein
Los auf der
Windschanze, mein
grüner Geselle

Ich habe den Vesuv noch nicht gesehen, aber

ich hab ihn noch nicht gesehn
schön versinken die Städte, und
ich habe sie noch nicht gesehen
Aber meine Pferdchen sind mutig
aber schön versinken die Städte
Mutig und schön dürfen meine Städte sein, aber
ich hab sie noch nicht gesehn, aber
schön versinken die Pferdchen, aber
warum auch Vesuv

Fräulein Falf aber meinte man solle einfach drauf los man könne ganz einfach das machen was los geht man wäre gut beraten alles einfach zu tun das heißt einfach alles zu tun was drauf ist und los geht sie meinte auch das ginge ganz gut man müsse nur einfach freundlich den finger heben und es anständig machen und vor allem niemandem weh tun meinte sie los machen los machen los machen

Gedichtgedichte

das tonbandgedicht hat eine goldene stimme sie erzählt eine geschichte von einer tötung während ein tonband läuft das mit einer goldenen stimme die geschichte dieser tötung erzählt die goldene stimme ist die stimme des getöteten sie erzählt wie das tonband weiterläuft während der schlag auf ohr und hinterkopf ein absakken ein röcheln ein totsein bewirkt das alles aber wie im stummfilm weil die ganze zeit nur die goldene stimme des getöteten vom tonband zu hören ist sie erzählt wie ein gedicht daß einerseits der eindruck aufkommen konnte ein stummfilm sei gerissen aber die musik laufe weiter andererseits der stummfilm im saal weiterlaufe so daß man zwar sehe wie ein glas vom stuhlrand kippt aber nicht höre wie es zerschellt ebenso den noch baumelnden telefonhörer ohne das quäken zu vernehmen weil ja noch immer die goldene stimme des tonbandes die zeitansage durchgibt das tonbandgedicht trägt den märchentitel ruckediguck

das boticelligedicht wollte ich schreiben weil ich das parteilob geschrieben hatte es gefiel mir aber nicht ein gedicht nur deshalb zu schreiben weil ich ein anderes geschrieben hatte und so ließ ich es bleiben nun überlege ich heißt es im nicht geschriebenen boticelligedicht ob es an boticelli liegt daß ich nichts über boticelli geschrieben habe oder ob das parteilob boticelli nicht mochte mit anderen worten ob ich vielleicht doch über boticelli geschrieben hätte wenn ich das parteilob nicht geschrieben hätte oder ob ich über boticelli sowieso nicht geschrieben hätte weiter heißt es im nicht geschriebenen boticelligedicht daß das parteilob den titel BOTICELLI gehabt habe während es selber nur DIE GARTENSCHAUKEL hätte heißen sollen

die ornipse ist eine flatterhafte eigens für das LUSTIGE VOGELGEDICHT gemachte stilfigur die ornipse bevorzugt nur dinge auf die sie sich anwenden läßt auf diese weise überträgt sie ihren flatterhaften charakter auch nur einem teil des sonst ernsten vogelreiches das LUSTIGE VOGELGEDICHT besteht also aus einer liste die liste beginnt mit den handwerkern unter den vögeln der polir die spachtel der nußknacker der spengler der laubsauger es folgen die mitläufer das ballhorn die eberechse anselma die finke schnabel der grün aufrecht der poch archigull slachtibald der zikadu die feldhaubitze der stieglhupf im anhang mit stern die pickeltaube das kehlköpfchen der blausiegel die knepfe und der uho sowie die hausakuste und der mäuerling im LUSTIGEN VOGELGEDICHT erfüllt die ornipse eine nicht unwichtige funktion sie wird mit blei gelötet man schreibe das wort WINDZULASSUNGSGEBÜHRENEMPFÄNGERANTEILSENTSCHÄDIGUNGSKLAGEBEGRÜNDUNGSURTEILSVERZICHTSSTRAFGEWINN hierauf lasse man durch einen mentalen vorgang auf dem stuhl visavis einen wind platznehmen und spiele mit ihm aufhängen der mentale wind wird bei dem langen wort ein paarmal an den galgen kommen doch achte man darauf daß die ersten vier buchstaben des langen wortes gerettet bleiben das läßt sich mental einrichten sind nur noch diese vier buchstaben also WIND übrig so entlasse man auf die nun bewährte mentale weise den zwar ein paarmal gehängten doch auf die nun sehr bewährte weise als partner am leben gebliebenen wind am besten durchs fenster und schreibe mit einem filzstift die auf die bewährte auf die sehr bewährte weise erhaltenen vier buchstaben auf ein reines blatt papier und signiere das fertige gedicht die kladde kann zu umwegsunkostensteuerabsatzbelegszwecken abgeheftet oder durch einen mentalen vorgang in den papierkorb befördert werden

das dialektgedicht ernährt sich von wurzeln nachtigallenzungen froschschenkeln aber es liebt die usambaras so sehr daß es sich schämt andererseits sollte man am dialektgedicht nicht vorbeigehn ohne es von mir zu grüßen einmal hatte ein bauchredner es gekidnapt er ließ es in südwales aus einer weißen mauer reden wollte aber nichts dafür haben jetzt kann man schreiben was man will das druckfehlergedicht besteht aus aneinandergereihten druckfehlern druckfehler sind falsche oder fehlende oder überzählige oder nicht ordentlich im raum befindliche oder dem drucktypenleitbild nicht entsprechende oder einfach schludrig vermanschte buchstaben satzzeichen zwischenräume u a m nun ist es theoretisch möglich ja sogar wahrscheinlich daß sich beim druck eines druckfehlers ein druckfehler einschleicht in dem fall ist es aber so gut wie unwahrscheinlich daß der eingeschlichene druckfehler den zu druckenden druckfehler aufhebt es sei denn der eingeschlichene druckfehler ist zufällig sowohl identisch mit als auch prozessual gesehen rückläufig zum zu druckenden druckfehler das ergebnis nennen wir korrektur da aber das aus aneinandergereihten druckfehlern bestehende druckfehlergedicht wie jedes gedicht ohne druckfehler gedruckt werden muß sind die druckfehler aus denen es besteht im grunde keine druckfehler sondern urtext und die sich beim druck dennoch einschleichenden druckfehler nicht druckfehlerdruckfehler sondern einfach druckfehler und erst beim abdruck des gedruckten druckfehlergedichtes könnten sich druckfehler einschleichen die in ganz unwahrscheinlichen fällen korrekturen wären das heißt mit dem urtext also dem druckfehlergedicht wieder übereinstimmten je berühmter das druckfehlergedicht ist das heißt je öfter es abgedruckt wird desto schwieriger ist es für den korrektor die sich einschleichenden druckfehler zu bestimmen um überhaupt eine korrektur in erwägung ziehen zu können er träumt von einem aus aneinandergereihten korrekturen bestehenden urtext tut er das zu oft so besteht die gefahr daß er eine unversehens eingeschlichene korrektur übersieht doch wer ist schon gegen korrekturen gefeit jedenfalls ist das druckfehlergedicht im hinblick auf den leser ein sehr fades gedicht da letzterer über die im prozessualen bereich eingeschlichenen ästhetischen kriterien als leser einfach nicht verfügt bzw verfügen kanp im lauftextgedicht bemüht sich ein augenschlitz der schnellfüßigen wesentlichen katze auf die spur zu kommen ohne ihr auf den leim zu gehn andererseits hat die schnellfüßige wesentliche katze am äußersten ende ihres schweifwedels ein durchlöchertes leimtöpfchen hängen aus dem ein faden läuft ihre pfoten jedoch stecken in gleitschutzklauseln aus spurensicherem kunstfilz so daß tatsächlich die einzige spur die sie hinterläßt nichts als leim ist der augenschlitz befindet sich in einem bösen dilemma entweder er gibt auf bleibt stehn denkt nach dann kommt er ihr nie auf die spur oder er macht weiter dann kommt er ihr auf die spur geht aber auch auf den leim eine wirklich dumme situation sie ist natürlich eingebaut finte manöver der katze zögermoment denksekunde doch bis der augenschlitz draufkommt ist es immer wieder zu spät leichtfüßig und kätzisch ist die wesentliche in ihrem vorsprung um drei laufecken voraus hinter sieben zeilen versteckt oder schwupp schon unterm schluß hinweg entwischt trotzdem sollte man sich hüten durch voreiliges zuklappen des textes den augenschlitz auf etwas festzulegen er wird noch benötigt die kalesche der poesie wird im gleichnamigen allegoriegedicht erwartet ihr gegenspieler ist die muschel der welt hinzu werden verkörpert die geschichte des sinnbilds das sinnbild des gedankens der gedanke der freiheit und die freiheit der muschel ein unbekleideter wesfall irrt durch die regeln des irrens im hintergrund wird die kalesche mit eingesetzten personen eingesetzt sie naht

Während in der ersten zeile DAS HÜNDCHEN seinem herrn beim ertrinken beisteht ist in der zweiten zeile keine rettung mehr möglich in der dritten zeile wächst die verzweiflung während schon hilfe in der vierten zeile naht das gedicht veranschaulicht DIE TREUE während sein titel SCHON zeitloses deutet das fröstelgedicht fröstelt bei der vorstellung es bestünde aus einem sprachvorgang der behaupten könne es habe sich in ihm ein denkvorgang dermaßen verselbständigt daß er in seinem sprachvorgang bei der vorstellung zu frösteln fröstele das fröstelgedicht ist töricht daß es so was denkt denn wie kann man schon bei der vorstellung zu frösteln frösteln

aber ach wo beginnt das lochgedicht es beginnt nicht aber ach woraus besteht es es besteht nicht ach aber wie ist es beschaffen das lochgedicht ist sehr einfach beschaffen und womit wird es bedient nun im erweiterten sinne mit poesie

Höricht

Bitte nehmen Sie von dieser Durchsage den Ihnen entsprechenden Abstand; multiplizieren Sie diesen wahlweise mit folgenden Preisen: erstens drei ungelebte Leben, zweitens zwei ungelebte Leben, drittens ein ungelebtes Leben. Damit erheben Sie nun einen Ihnen angemessenen Glaubenssatz zum Dreieck und erhalten die Ihnen zustehende Würde. Wenn Sie uns diese in den ersten drei Wochen nach dem Empfang auf einer Postkarte zuschicken, nehmen Sie an der Life-Übertragung der Reihe *Jedem das Seine* teil und erhalten ein Los, das Sie zum Verzicht auf die Ziehung berechtigt. Vergessen Sie nicht, für welchen Preis Sie sich entschieden haben. Er winkt.

Nun geht es ja wirklich nicht darum, Majestät, aus einer Sache mit Hilfe einer Sache eine Sache zu machen, die doch immer nur eine mit Hilfe einer Sache aus einer Sache gemachte Sache wäre. Nein. Es geht auch nicht darum, mit Hilfe einer Sache aus einer Sache eine Sache so zu machen, daß das Machen dieser Sache die Sache wäre. Im Gegenteil. Es geht doch meinerseel darum, mit Hilfe und aus einer Sache die Sache zu machen, die nur mit Hilfe dieser und aus dieser Sache heraus die Sache wäre, um die es ginge, wenn es Majestät nicht darum ginge, daraus eine Seele zu machen.

Wenn in Reschinar die Straßenkehrer entweder zwei rechte oder zwei linke Beine haben, so liegt Reschinar sehr abseits von anderen Gebirgsdörfern. Der Schwung ihres Besens hat im Laufe der Generationen das Standbein zum Fechtbein und das Fechtbein zum Standbein gebogen bzw. zu einem Doppel-Legato verkürzt und gestreckt, eine Haltung, die an die Folies-Bergères gemahnt, aber eher als feudal-antifeudales Relikt anzusprechen ist. Die rückständige Theorie vom gesunkenen Kulturgut verfängt bei ihnen nicht, im Gegenteil, der gelassene Synkretismus, der in der tanzhaften Ausübung ihres Berufszwanges manifest wird, markiert den Schnittpunkt latenter Strömungen vom karpatho-pannonischen zum katalanischen Einflußraum, die beide gewölbt sind, und vice-versa. Erst die Dracula-Version, die sie selber als Mumpitz bezeichnen, verpflanzt ihr Arbeitsgerät in die Salons. Ein objektiv-musikalischer Vorgang, der echt ins Herz geht.

Das auf Ahitchcophanes zurückgreifende Höricht besteht aus einem geschlossenen Raum, in dem sich freisteigende, freischwebende und freifallende Daktylen befinden. Daktylen sind wiederkehrende Merk- und Mundmale aus je einer Hebung und zwei Senkungen, deren letzte stets hohler ist als die vorige und die nächste. Dieses regelmäßig unregelmäßige Flattern macht sie für Augenblicke betastbar. Sie haben die Form von Exzenterpressen, Eisenbahnfängern und zertretenen Schwunguhren. Andere erinnern an dreistufige Erinnerungen. Und andere wiederum sind unantastbar, haben aber einen pulsierenden Geruch. Die Daktylen hängen mit dem geschlossenen Raum, in dem sie sich befinden, zusammen, gleichwohl streben sie ihrem Ende zu. Je öfter sie zukken, umso seltsamer steigen, schweben und fallen sie, umso weniger unterscheiden sie sich voneinander. Dem Zustand, der auf einem Wiener Walzer aufgebaut ist, des Hörichts, das nach ihnen heißt, entrinnen die Kriegstauben vergeblich, indem sie Zäsuren und Pausen gurren.

Was aber ist die Übersetzbarkeit? Sie ist einleuchtend. Sie ist so einleuchtend, daß der Fuhrmann sie dem jüngsten Sohn abnimmt und ohne Schwierigkeit durchs zwanzigste Jahrhundert vehikuliert. Sie ist ein Hoffnungsschimmer, den Worte an sich haben, die Politik machen, indem sie ihr heimleuchten. Der Kürbis wird von innen erhellt, eine Fuhre Illumination. Wir erweisen Denkanstößen die Reverenz, indem wir sie anstößig übersetzen.

Die Tafelmusik. Tino ist im Garten und sieht eine Orange. Er sagt was ist das für eine Blume. Er fragt was ist das für eine Wolke. Der Vater sagt eine Blume ist eine Blume. Tino nimmt die Orange und sagt Vater schäl mir die Wolke. Der Vater schält die Blume und gibt Tino sechs Scheiben. Der Vater ißt eine Scheibe und sagt eine Scheibe ist eine Scheibe. Tino ißt. Er sagt das ist eine Wolkenscheibe sie schmeckt nach Blume. Er fragt was ist das für eine Blume. Der Vater sagt eine Wolke ist eine Wolke und eine Orange ist eine Orange. Tino sieht eine Schnecke. Der Vater sieht ein Kalabreserhündchen. Der Vater sagt was ist das für ein Regen im Garten. Er fragt was ist das für ein Kometenschweif im Garten. Tino sagt das ist kein Kometenschweif im Garten das ist eine Orange mit zwei Hörnern. Der Vater schält die Orange und sagt hier ist eine Scheibe Regen hier ist eine Scheibe Schnee und hier ist eine Scheibe Dingsbums. Fein sagt Tino und gibt dem Rauchfangkehrer die Orange.

Mit Knieschonern, Brechbohnen, Spitzhacken, am heraushängenden Ende beginnend, immer der Änderung nach, hatten wir bald die Wolle im Öhr, viel rascher als erwartet, doch niemand war mit allen Fasern gewachsen, geschweige denn von einer ähnlich rauhen Glätte durchdrungen. Wir lösten uns ab. Die Wirklichkeit ging von Hand zu Hand, ein Wanderpokal, auch er sich ablösend. Es blätterte, es war ein teigiger Umzug. Einer von uns übersetzte: »den Tod in einem Atem nennen«, die Übersetzung schien den meisten von uns gut, wenn auch wollig. Es gab den Morgen, den Mittag, den Abend, seltener das Lab, die Tontaube und andere Fermente; einer, der Kardenpflücker, las vor und alle übersetzten »stürzend, von Feedback zu Feedback geworfen«, immer der Säure nach, die Schwellung hatte ein wenig nachgelassen, es glänzte, es blätterte, zum Aufhören bestand kein Anlaß.

Der Apfel A wird gleichzeitig von allen Seiten aufgenommen. Aus den Aufnahmen, die alle im Maßstab 1:1 sein müssen, wird eine einzige, aber sphärische Aufnahme erstellt. Da sie im Maßstab 1:1 ist, hat der Apfel A in ihr grad platz. Auf diese Weise deckt sich die Eine mit dem Einen und umgekehrt der Andere mit der Anderen. Die gefüllte Apfelaufnahme dient der Wirklichkeitssuche und erhält den ohrenfälligen Namen *Wurm*.

Fleischeslust

Man nehme die Ranküne der Nockerln gegen den Schmarrn, das Blättern des Teiges gegen die Kalbsbrust! Und was haben wir da? Eine Zusammenrottung von Stockfischlein gegen Mias Pilzsauce, Lungenspitz gegen Lungenspitz – still, Opernfreunde, es werden Aufläufe geprobt, Wasen schlägt sich ab, soweit die Schönheit reicht, Mensch, Gänseklein! Ha, man schmiere, streiche, schlage, Preßsack gegen Amphibienrolle gegen Dampfnudel gegen Capri- und Paprikaprizen. Mohrenbeutel. Das alles finden wir beschrieben (»Leckermäulchens Unbehagen oder Die neckische Liebe zum Widerspruch«), nein, es ist keine Phantasie. Phantasie wäre das Gegenbein, ein Teil Schnee und ein Teil Schnee, Freunde. Ein Rezept gegen Rezepte, ha, ein Kompott gegen die Sülze, das Schmoren des Bratens gegen den Saft, man probiere das Süpplein. Räsoniert wer gegen die Vernunft? Ein hohes Cis gegen ein Wasserbad. Das Passieren gegen ein Sieb. Man nehme einen gut gemachten falschen Zungenschlag, ein Zwiebeln gegen die Angst, das Spicken der Hasen gegen den Strich, ein Schmecken gegen den Wind, einen Kopf gegen die Wand.

Als fehlte uns heute nichts als der Nasenzauber. Und wie er uns fehlt! Uns Deutschen fehlt vieles. Und wenn es das Fehlen des Nasenzaubers nicht gäbe, wir würden's erfinden, das Fehlen. Aber er fehlt uns so sehr und so wirklich, wir müssen heute schon so vieles aufbieten, um sein Fehlen nicht aus dem Sinn zu verlieren, daß es tatsächlich scheint, als fehlte uns heute nichts als der Nasenzauber. Besonders beim Turnen am Speck übersehen wir meistens den Bauch, der weniger beleidigend wäre, träten wir nicht in solch schwitzenden Riegen an. Ja, vieles geht uns durch den Kopf. Bloß der Nasenzauber fehlt uns. Oder diese abstrakten Hutschen! Sie knarren nicht, sie duften nicht, sie reißen uns auch nicht entzwei – sogar die Lippenbewegung ist völlig synchron. Was uns fehlt ist also keine Fröhlichkeit, wahrlich kein Honiglecken, uns fehlt nicht einmal die Angst. Und entbehren wir vor allem auch des Spürsinns nicht, der vonnöten ist, um etliche Grundnahrungsmittel auf den Tisch zu bringen. Er schnuppert, er strahlt, er zaubert ein bißchen, er mogelt.

Wie Dinge des Essens, sobald sie die gewohnte Richtung (»von der Hand in den Mund«) ändern, eine Bedeutsamkeit erlangen, die ans Ungenießbare grenzt. Da heißt es etwa Grübelbraten! Kreti-Pleti! Nagelschaumpilaf! Und selbst einfache Dinge wie Semmeln oder Sauermilch verletzen ausgesprochen (»vom Mund in die Hand«) das Schamgefühl. Diese unanständige Hervorbringung inwendiger Masse verleidet uns sehr die Fröhlichkeit des Essens. Privatbriefe, während der Mahlzeiten gelesen, kriegen etwas Indezentes im Ausdruck. Fast obszön sträubt sich etwas beim Erbrechen ungenierter Herzen.

Im Vergleich zum preisvergleichenden Stil ist der Pasodoble ein Kinderspiel. Umgekehrt ist der Pasodoble im Vergleich zum preisvergleichenden Spiel ein Kinder-Stil. Ausgangsposition ist in beiden Fällen die Logik, das ist die Summe der durch Vergleiche zu gewinnenden Schritte, gewissermaßen auch der vorweggenommene Einsatz oder hintangesetzte Vorsatz. Tusch. Die Vergleichspaare sind angetreten. Lichtdurchflutete Paläste halten den Atem an, sind von Kopf bis Mus auf Köpfchen eingestellt. Leise schimmelt der Schmeh. Jetzt! Mit Tschingbum und Trara, in allen Stockwerken gleichzeitig, auf allen Rolltreppen, unter allen Branchen, setzt sich der Pasodoble in seine fröhliche Bewegung. Das Vergleichsmoment ist unvergleichlich! Diagonal verzückt, in elegant ausgreifenden Hüpfern entschwebt es zwischen sich biegenden Tischen. Ha, »Unterschiedenes ist gut« ... Wird Hölderlins Pasodoble doch ein Schlager? Klingling. Das Antippen von Themen ist im Vergleich zu Preisen ein Kinderspiel. Umgekehrt sind die Preise im Vergleich zur angetippten Logik hinkende Vergleiche. Tusch.

Gut-einfach-billig, auch Schlaf genannt. Ich bin ein Futterverwerter. Mein Schlafrock ist nur eine Metapher, doch in ihm zehre ich von ihr. Die Umsetzung fliegt mir zu, ich setze Pausäpfelchen an. Sie ist eine Frucht der Zeit, eine Zins-Frucht, ein Weck-Pfund, mit dem ich wuchere, ein sich vermehrendes Fallobst. Das reicht am Tage weder hinten noch vorn, aber ich werde nicht müde, es zu preisen; nur so sättigt es. Nicht müde werden ist mein Schlafgeheimnis. Es lohnt sich. Ich spare mehr als ich verbrauche. Nacht für Nacht lege ich ganze Apfelbetten zurück. Mein Schlafrock, die Zeit, arbeitet für mich: gut-einfach-billig. Je mehr Äpfel, um so größer, wenn sie einmal ausgeht, der Vorrat. Ist das eine Freude jeden Morgen! Ist das eine Freude jeden Abend!

Sehr wirtschaftlich im Gebrauch ist auch die Kochkiste. Tagsüber eignet sie sich mir zum Gardünsten von Krautwickeln, sauern Erdäpfeln und falschem Hasen. Nachts stopfe ich in ihr den Tagesvorrat an Zigaretten, die mich so genau die Hälfte kosten. Es kommt allerdings auf die Methode an. In den Seegras- und Roßhaarbreiten, die ich bewohne, ist pyramidales Turmkochen weniger ökonomisch, da es die natürlichen Ressourcen nur in einer Richtung veranschlagt. Ich rate ab. Um so sparsamer ist aber, auch hier, das Ausweichen auf geistige Herde.

Auf der Kochkiste sitzend, die manches ersetzt, habe ich ein paar Tricks ausbaldowert, die nicht zu verschweigen ich mich beeile. Reste von Hand- und Körperseife zum Beispiel, die oft jahrelang unnütz herumliegen – wie bekommt man sie wieder sauber? Nichts einfacher als das: man wäscht sich mit ihnen und denkt an die Lilien auf dem Feld. Auch sie duften. Lästigen Quittengeruch hingegen entferne man aus alten Hemden *nicht*, denn er schützt vor Ahnungen, Kälte und Zahnweh. Fälligen Terminen begegnet man, indem man auf sie zugeht; fülligen Menschen ebenfalls. Rohe Kartoffeln aber sind stets von innen nach außen zu schälen, damit die Stärke erhalten bleibt. Andere Tricks sind weniger interessant.

Eine Methode, wie man verhindern kann, daß Mundtücher den Bärten etwas anhängen (eine Meerrettich-Persönlichkeit, ein Hummerkörbchen, ein Spitzengespräch), ich sage verhindern. Nicht einfach, gar nicht so einfach. Die Zwecke zweckt, der Hamster bamst. Gewisse Dinge bei Mahlzeiten lassen sich nicht verhindern.

Erstens: Sarmale sind eine Art Krautwickel. Zweitens: Krautwickel sind zwar Kohlrouladen aber keineswegs Sarmale. Drittens: Die Koseform von Sarmale ist Sarmalutze. Viertens: Liebesbezeigungen beschleunigen das Drehmoment; ein Satz der keine Mitteilung enthält ist keiner; wo wäre ohne das Schlafittchen der Schlafitt? Fünftens: Sarmale ohne den Duftzeh sind wie der Duftzeh ohne Sarmalutze. Sechstens: Nur Sarmale gehn über Sarmale. Yeh, yeh, yeh. Siebentens: Sarmale nach Sarmalutze-Art gewickelt sind nachher ein wenig besser als Sarmalutze nach Sarmale-Art gewikkelt vorher.

Triumpf! Triumpf! Er ist in Sicht! Ich bin auf diesem Tüpfelfinger imstande, ein triumpfales Fleich herauszuchlagen! Rach, rach, es ist mir eine Lust, auf einer Triumpfmachine herauszuchlagen, was das Fleich hergibt. Dieser Triumpf erzeugt einen Charakter, der sich von anderen herausgechlagenen Siegen abhebt, ein ganz und gar überwundenes Fleich. Ein ungewohnt großer, ein triumpfaler Charakter im Chriftbild dieser Vorrichtung. Auf dieser tüpfelfingrigen Psyche chreibt es sich einmalig, nämlich fast physich. Meine Triumpfmachine ist selig. Nun wird sie sich's endlich überlegen, immer diese chnöde Fleichchleichwerbung zu betreiben. Wie sich das ausnimmt! Ausnehmend groß und voll. Der Charakter des Triumpfes auf dieser Machine ist praktich unchlagbar. Ich werde ihn ihm chon herauschlagen, diesen Fleichcharakter!

Man widme diesen Hausgemachten Willibald der Krausen Handgekochten Glucke. Wer die Flocke des Hafers nicht ehrt, den soll die Fleischeslust holen. Ihr vermache ich etliche Schock Kummerspeck. Wer Kummerspeck mag, ist ein freundlicher Leser. Ihn widme ich diesem Buch. Er wird die Schwerenot des Hafers, der Flocke und allen Lesens gehen. 1 stille Lippenbewegung für den Hausgemachten Willibald, 1 triumphalen Finderlohn für die Krause Handgekochte Glucke.

Kohlrabizuspeis, ebenerdig, mit Faschiertem, Kostschale drei (unter dem Quittenreis, sehr ausgiebig) für halb zwölf bei Fräulein Gottschling; Mittwoch Husarenmarsch, besonders gut mit blauem Zwiebel, bei Doktor Göltl, Kostschale sechs, Fingerlingsstiege; Leihbücherei Armbruster, ohne Einbrenn, morgen ein halber Herr mehr; Erbsensuppe, aus dem Mannschaftsraum der Einjährigen (mit Pferd) bei minus 17 Grad auf die Strickhaube der Schülerin Hilda W., gefriert im Schein der Abendsonne zu fahlen gelben Quasten; Maroni, zu hastig mit dem Daumen gepelzt, bewirken Kindheit und Erbrechen; fünf Adressen hat Frau Gunesch zu bekochen, zweimal die Woche mit Nachspeis, Sonntag immer Buchteln; Glitschen und Eiszapfen gibt's beim Weindel, im Durchhaus lauern die Purligaren; das Austragen von alten Gerüchen ist nicht mehr so lustig.

Der Effekt des Bodenlosen tritt beim Überqueren von Ballungszentren nicht plötzlich auf sondern unerwartet weg. Eilig anwesende Reporter: »Wann kam Ihnen der Gedanke?« Keine Antwort – auch eine Antwort? Es stimmt nämlich nicht, daß Gedanken im Gehen kommen; sie gehen vielmehr, Rülpser durch die Fußsohlen, eine abstruse Vorstellung der Beine, nacheinander, im Gehen von uns. Ein Entweichen über Hohlräumen, Schächten, Kanalisationen, ein Abfließen ins Kabel-Genabel. Man könnte sagen, es kommt zu einer Art Erdung, aber wie gesagt, es geht bloß durch die Lappen. Gewissermaßen ein Wegtreten, das ist der Gedanke.

Aus besserwisserischen Meßbechern schmeckt Sekt miserabel bis schlecht. Besser schmeckt Sekt aus weniger besserwisserischen Meßbechern. Schlechter Sekt schmeckt auch aus besseren Meßbechern besserwisserisch; weniger schlechter wiederum auch aus weniger meßbecherischen nur mäßig, das weiß jeder bessere Sektkenner, Sie becherwisserischer Sektmesser, wissen Sie!

Enge des Denkens, o kränkende Beschränkung! O wesensgegebene Keks-Menge! Verzehrende Zwänge, fernere Dränge, o transzendente Klemme!

Die Suppe war einmalig, deswegen hatte sie auch kein Rezept, dafür ein Zustandekommen. Sie wurde gebraut. Erlaubt war alles, vorausgesetzt es kam etwas Suppiges zustande. Leitbild schien also eine gewisse Löffelbarkeit gewesen zu sein. Schusternägel, Styroporschrot und winzige Glühbirnen, zu gleichen Teilen gemischt, ergaben bald ein sauber gleitendes Süpplein. Andere Ur- oder Grundsuppen, in denen das fließende, das schöpferische Kriterium den Ausschlag gab, waren aus gasigen Zellen und geschmolzener Schwermut legiert. Die Phantasie läßt Spielräume zu, die Suppe füllt sie.

Vom Standpunkt der Esser ist Essen etwa das gleiche wie für die Leber das Leben oder für Hölder die Oden. Sachen der Körper. Essen ist in dem Maße vorhanden wie der Denker den Dingen, der Töpfer dem Topfen (...) Ohne den Esser kein Essen. Wo Ärger und kälter, da Omen et Nomen, Barbarer und Bananen. Denn vom Standpunkt des Essens sind Hunger und Lacher zwar Entbehrer, doch Kommerer mundimorpher Endungen, hörnt, hörnt! Ohne Essen sind Esser aber bloß Esser ohne ihr Essen, Kummer ohne Kümmel, item est: Esser sind Optimister. Sie sind Besitzer italienischer Salatblätter, große Versteher: »Essere al verde«! Wo Esser ist, muß Essen sein. Sterber ohne Sterben, wo ist?

An die neue Aubergine

An die Neue Aubergine; ein Gedicht von den unausrottbaren Sehnsüchten, die wie Geschwister aussehen, von den zweifelhaften Dingen, die an Nahrung erinnern (Gewächse), von anachronistischen Einflüsterungen jener Vernunft ←

←——— derentwegen die Mundung einer Sache (O Mutabor! O Grübelspeise!) ach stets ein Werk der Zerstörung ist. Nicht genug: Wer unsere Gemüsefrucht dabei schält, ist ein Barbar und Schlimmeres. Und nicht genug: Auch wer die Gemüsefrucht nicht schält, ist ein Barbar und Schlimmeres, wenn das Nichtschälen (und sei's in der Seele) mit einem metallenen Gegenstand erfolgt, denn sie liebt Feuer und Holzgeräte. Wer also die Gemüsefrucht, sei es in der Seele oder außerhalb, mit einem hölzernen Gegenstand schält, der ist zwar ein Barbar (und Schlimmeres), doch nur grundsätzlich. Erst wer das Nichtschälen der Gemüsefrucht ausschließlich mit einem hölzernen Gegenstand vornimmt, ist kein Barbar und nichts Schlimmeres. Immer noch nicht genug? Ach besäße sie doch keine Schale; wir wären (Holz hin, Holz her) gegen Barbarismus und Schlimmeres gefeit ←———

———→ auf daß dir *das Beste aller möglichen (Hackebeils)* widerfahre ———→

Texte der Jahre 1973–1975

Die Stadt Ihrer Meinung, die Präsenz der Eigennamen, die Beschwörung der Beschwörungsfrage, die Aufzählung des Einhorns / die Büste der Gobi, die Perfidie des Genetivs, die Geprüfung der Sinne, die Artikulation der Artikulation, die Pfauen der Insel, das Schwanen der Werdas, die Wanderung der Mark / die Atmosphäre des Repertoires der Wachtel der Legitimation / die Sanduhr der Kopfwelt, das Wappen der Binse, die Elixiere des Dritten / die Grenze der Aufzählung, die Aufzählung der Künste, die Etlichkeit der Dinge.

Das Wiengedicht also besteht aus zwei Zeilen: der
rechten Zeile und der linken Zeile. Von der Oper aus

betrachtet, befindet sich die rechte Zeile links und die
linke Zeile rechts; das ist ein Vorteil für beide, denn so

kann man sie nicht verwechseln. Auf den beiden
Zeilen gehen Gebäude- und Straßennamen spazieren,

die man alle kennt; insoweit ist das Wiengedicht popu-
lär. Nun gehen sie aber in Uhrzeigerrichtung spazie-

ren, und dabei offenbart sich ein Misterium – wir
versuchen es zu schildern: Um punkt zwölf, also am

von der Oper aus betrachtet oberen, d.h. südlichen
Ende der beiden Zeilen passiert mit den in Uhrzeiger-

richtung auf der links von der Oper liegenden rechten
Zeile spazieren gehenden populären Gebäude- und

Straßennamen plötzlich was Jähes – sie verschwinden;
doch ebenfalls und haargenau um punkt zwölf, also

am südlichen oberen Ende, das der Oper haargenau
und ebenfalls gegenüberliegt, tauchen die verschwun-

denen Namen am oberen südlichen Ende der rechts
von der Oper befindlichen linken Zeile auf und gehen

seelenruhig weiter in Uhrzeigerrichtung spazieren.
Punkt sechs wiederholt sich das Gleiche, d.h. das

Entgegengesetzte, am unteren nördlichen Ende, wo
sich die Oper befindet. Da die Gebäude- und Straßen

namen aber in einemfort in Uhrzeigerrichtung spazieren gehen, ist es auch in einemfort zwölf bzw. sechs Uhr. Für das Verschwinden und Auftauchen gibt es etliche Erklärungen – am plausibelsten scheint der von Connaisseuren oft beiläufig geäußerte Hinweis auf den Ringcharakter des städtischen Gemüts zu sein; aber auch Anspielungen auf den Volksmund, das Riesenrad und das heliozentrische Weltbild entbehren nicht der Schlußkraft. Von der Ästhetik aus betrachtet, ist das Wiengedicht eher surreal als symbolisch, eher eine Erfindung aus der Türkenzeit als aus der Wagnerzeit und eher eine Übersetzung als eine Unterführung.

Ein Tangopoem und andere Texte

Über das Zeichnen von Auberginen

Donnerwetter! Donner – und Erklärung. Auch die Frucht des Brütens (Aubergine, vulgo Eierfrucht) verblüfft kaum. Je lapidarer die Erklärung, umso verzehrter die Erkenntnis. Je einfältiger, umso bezeugter. Wie so? Inständig denkt einer: Das sind die Auberginenblitze nach einem längeren Geisten und Grollen, jene illuminatorischen Einfälle, die das Gedöns von Urung und Wirksache, wie es die Meteorologen immer noch praktizieren, glatt durchlöchern. Wo kein Donner, da auch durch brütendstes Nachdenken keine Aubergine; da ist es finster; denn finster kommt von finis terrae; wo auch das Schreiben über das Sprechen über das Zeichnen von Auberginen seine Erklärung hat, falls einer noch lange genug drüber nachdenkt.

Was man durch inständiges Nachdenken in Erfahrung bringen muß, ehe die Aubergine/man einen /die Aubergine in eine der genannten Tätigkeiten versetzt/einbringt:

Die Aubergine gehört zu den Früchten, die roh nicht genossen werden.

Sie befindet sich auf der Liste der salzfreundlichen Früchte.

Daraus resultiert, daß die Aubergine als Fleischersatz dient.

Die Einführung der Auberginenkultur geht rascher und billiger vonstatten als die Aufzucht von Fleischtieren: Afghanistan z.B. wird z.Zt. mit Hilfe der Aubergine fleischlich revolutioniert.

Wer Aubergine sagt, muß auch Berberitze sagen.

Das Zeichnen von Auberginen ist ähnlich (ebenso) leichtfertig wie das Sprechen oder Schreiben von Auberginen. Erst das Verzehren, auf das wir vielleicht (vielleicht) noch kommen, wäre als orale Vollstreckung nicht ganz so leichtfertig. Der Sturmlauf wider die Bereichlichkeit liegt unverrichtet in der Luft; nicht erst die Aubergine hat ihn aufgebracht, den insofern leichtfertigen Sturmlauf: er ist vielmehr – ach, Laokoon!, wer Berberitze sagt, muß auch Corcoduscha sagen.

Am Morgen (L'aube, der Morgen, der mächtige Fingal der Rosen!) züngt es – subkortikal? ein Bild? – durch die Jalousien; die Retina meiner Klause beginnt zu wabern, Ankündigung einer Farbe, nein: schlichtweg ein Tümchen (kleines Quantum) Licht.

Über das Zeichnen von Objekten durch Subjekte, nicht gleich dem Schreiben, welches, von Hand, noch ein Zwitterding wäre (bandmusterliches, auf der Hand-Wand-Kippe einer Höhlenstülpung); über das Zeichnen von Subjektobjekten (eher) durch Objektsubjekte (desgleichen eher, sogar akzeleriert), nein auch nicht gleich dem Beschriften mittels Mund- und Zehentechnik (Lautmalerei, Choreographie), weil Präpositionen (meinetwegen: auch die nicht-parataktischen Binder und Mittler) dann doch abfallen, wie einst die Niederlande, in denen die Aubergine nun aber dennoch floriert. Ich möchte es sagen: Der mechanischen Wiedergabe minder mechanischer Kost- und Lustbarkeiten steht heute dank übergeordneter Gesichtspunkte mehr im Wege als nichts (früher). Haben wir den Tonverbindungen (Silikate etwa, die große Gruppe der Mergel-Dialekte) durch Schmelzfluß diese, wie man's herausbeschwört, doch ziemlich schlaksige Sinnenhaft (Äquipotenz) objektiviert, so kehrt sich (ausgezeichnet!) die Beziehung um, gegen ihren Träger, aber auch gegen den Hervorbringer. Die Ton-Schon-Kippe. Es ist die alte Leier (Lyra) vom Speiteufel (Aspiration). Je unpersönlicher die Zeichnung von Subjekten durch Objekte erfolgt, umso handlungsfähiger (später) erscheinen die fortlaufenden Mannequins. Ihr Tiefsinn ist so entpersönlicht, daß ihr Tauschwert – Donnerwetter!, ihr Stellenwert – Donnerwetter, Donnerwetter!, jedes Sprechen darüber – am Donnerwettersten! ... (wird). Deshalb (zu diesem Zwecke) bezeichnen wir die Mannequins als Buchstaben. Diese springen nun mit den ihnen widerfahrenden Sinnes-Werkzeugen ähnlich solopp um und umgekehrt, nach einem hier nicht näher zu beschreibenden Toporhythmus, welcher mehreres zugleich ermöglicht, i.e. eine Art Zeichnung (Biographik), die nicht nur in vielen Punkten an die Aubergine erinnert sondern auch viele Punkte mit ihr gemeinsam hat.

Vorgänge wie dieser werden – siehe weiter (früher) oben (später) – natürlich meistens schwarz-weiß ausfallen. Jedes Mannequin hinkt irgendwo. Je mehr Mannequins, umso mehr Hinke. Das Schriftbild befindet sich (selbst) auf der Hinke-Winke-Kippe (Adieu-Effekt). Apropos Kippe: hier besonders stürzen die Mannequins, von Auge zu Auge geworfen, denn es gibt Weh-Orte (W-Orte), wo ein Weh-Ort (W-Ort) nichts anderes darstellt als den Nu des Werkzeugs; siehe (später) sklepatj, slaw. gleich klopfen oder hämmern, bzw. »des Augenblickes Klippe« gleich clipa, rum. (ebendort).

Nur zu freundlich (unpersönlich) gibt sich mittels eines Winks die diesem Wink nur mittels aller anderen Winke zugehinkte Phänomannequintis bekannt. Stimmt das aber wirklich? Man prüfe den Händedruck (Graphognomie) oder lasse das durch Einstampfen von Zungenfertigkeiten gewonnene Ikon untersuchen (Kraft-Saft-Kippe).

19 Uhr, 42 Minuten, 8 Sekunden, heute: »Absonderlich in ein Gewächs verbohrt«.

Der Versuch, einen fortschreitenden Stoff mittels seiner selbst dingfest zu machen, purzelt (wie bereits gehabt) an allen Ecken und Enden unwahrscheinlich töpfern (auberginenförmig, in einer lächernden Dimension) heraus. Erst die Glymphe, eine Art Kleb-Reiz, ist etwa imstande, mittels ihrer Ding-Faszination (eine schillernde Angelegenheit) die graphische Beschaffnis der Mannequins zu verkleistern.

Aber die Glymphe kommt und geht und ist den Wallungen des Mondes unterworfen.

Punkt, Punkt. Komma, Strich, die Aubergine an sich.

20 Uhr, 14 Minuten, 3 Sekunden, Stoffwechsel wie gehabt; durch inständiges Nachrichten zusätzliche Details in Erfahrung gebracht:

Die Aubergine ist ein Menetekel, ein Klumpfuß, eine Glanzkeule, sie hat ein feiles Gewicht.

Das Auberginengericht mundet; es hat kein Rezept, nur Mittäterschaft.

Die Mundung der Aubergine ist ein Werk der Zerstörung, doch wer dabei die Aubergine schält, ist ein Barbar und Schlimmeres.

Die Aubergine besitzt natürlich keine Seele; aber die Seele, die die Aubergine nicht besitzt, ist eine Auberginenseele, keine andere.

Mit Messern und Gabeln ist nicht gut Auberginen essen.

»Absonderlich in ein Gewächs verbohrt« oder ein bohrender Zwang nach diesem Ausüber; seine absonderliche Beseelung; über ganze Strecken hinweg Syntax, nichts als überaus strohblonde Zugzwänge; der Bauer schlägt die Königin, der Turm wird vom Läufer geschnappt, das Pferd übt seine Schwärzlichkeit aus; o auberginenfarbene Interjektion! (Pfauenruf); das Zeichen eines Doppelpunktes wird gezeichnet; Donnerwetter! – und das ist eine Aubergine, und tappt in Seelenfalle und wird (wirst) emporgeschleudert, noch beseelter, ha, ein Geysir; Gewächs, Vernarrter, nein: Verbohrtes; in den absonderlichen Transformationen der Aubergine sich Gerundivierender; umsonst, die Verständlichmachung einer sich ausübenden Absonderung entbehrt nicht eines gewissen Genitivs.

Wir sprechen über das Zeichnen der Aubergine; wir zeichnen die Aubergine, über die wir zwar sprechen, aber es ist die Besprochene; wir lesen, was wir geschrieben haben; die Aufzeichnung des Gesprächs läuft auf eine aufgeschobene Handlung hinaus; wir sind uns einig, daß wir uns darüber nicht einigen können; je länger die Aufzeichnung dauert, umso klaffender die Verzettelung; selbst die

Aubergine gerät in die sich ausdehnende Zärtlichkeit (vermutlich unklar aufgezeichnet: »Zeitlichkeit«), für die aber wir die Verantwortung tragen; wir sagen auch: »Diese Zeitlichkeit (Zärtlichkeit?) wird von uns vorgängig und rückläufig ausgezehrt, eine (eher) breiige Zerstückung«; das künstliche Verspeisen der Aubergine ist also nichts anderes, stellten wir fest, als das graphisch-verbale Überhandnehmen eines Zeitpunktes, der seinen Mund aufsperrt; keine sehr glückliche Eröffnung; denn wie läßt sich über die unverspiesene Aubergine noch (noch!) reden, wie stellten wir die noch (noch?) unverspiesene Aubergine dar?;

noch (vorläufig) haben wir Zähne, eine Aubergine aus Zähnen; wir verbeißen uns in die Donnerwetter-Theorie und wer sind wir überhaupt? Pfiffikusse?; wir sprechen über die Konkretheit abstrakter Abdrücke auf dem Begriff, den die von uns gezeichnete Aubergine wohl oder übel verkörpert; beißen uns am Begriff die Begriffe aus – sowohl er als auch sie schmecken kaum nach Aubergine; dennoch hinterläßt die Aufzeichnung längerer Gespräche, in denen öfters der Name des Gewächses, von dem hier die Rede ist, vorkommt, etwas vom Rauchgeschmack jener Speisung, wir versuchen einer zahnlosen Metaphorik die Stange zu halten; es ist aber eine Aubergine; wir jonglieren drei Auberginen auf der Zungenspitze; wir lassen (Sekunde!) sie auf der Zungenspitze zergehen; Seehunde; wir verfertigen von den Schling- und Schluckgriffen kleine Contergan-Graphiken, die wir eine Zeitlang als Buchstaben ansehen; die brüten wir aus – Donnerwetter! Auberginenblitze! Erklärung: wer common sagt muß auch sense sagen (Sesam-Effekt);

die Gespräche zeichnen wir auf.

Der krimgotische Fächer

Kontaminoplum

Wo ghost Profum
in Wirklichkeit?
Lebehda? Gangatroph?
Wes Dergel schlum
want Urgel barm –
»Arom, ein
Gepolter des Abends«?

Kalfater phai hoch Ninipleh
es Whab im Dimp
schloi Jezzelbug
schloi Kokel-Vloos
gem Zezzel –
Kolx …

Wo ghost Porfan
es Ninipleh?
Was ghaist es Mell?
Schmeeraldan?

Jenun schpitzn-phölkn
Bladdn?
Jenun mauschel Girom?
Jenen egelbarm Anstunk gem
schtierchern Gihör –
jenun Schlapscholuh?

Embiddere
zonkts
widero Aiz-Krim
(»Fleize Gepreiz
slätze Giföjr
aing raing faing

zunggischpitztir
Foltr-Abnd«)

Profum wos ghaist
es Jettekette

es Zasn ghost
es Zezzel-Kumpanei –
und heten Wizzn-Bladdn
nimero glaut …

Ana Roma Hettekette
Ana Lebehda Friddenz-Schtierch
Ana Krimme Glurioleis

Gelsenvertreiben

Simtar haische Guggl: Simtsar
Simtsar Guggl haische: Tsimsar
Tsimsar haische: Guggl Tsimtsar
Tsimtsar glaische Tsintsar glaische
waische Guschlwurg Tsintsar

Hujdu-huh hujdu-huh
Onnoma-pöh

Waische Guggl-Gongeles
Diktschor

Waische Tsintsar
waische Tsimtsar
waische Tsimsim
waische Simtar
Diktschor

Hujdu-huh Manna Peloh
waische Onnoma-pöh
Diktschor

Haische Glaische Waische
Tschimtschor

Säumet nicht an dieser Wange.
Kühl, wenn auch der Angblick bricht,
hat es der hinvergolten Rheumunt
gebrochen nie, ob dirs ein Klage
schon wem? Denn es will Morgen sint.
Auch überm Fleich ist noch ein Lycht
der Not, wenn es an Witz gebricht.
Manch einer schwitzt, und schwitzt nie wieder.
Erflehet nie das Wangenbrot
der Machd. Es hat die Wachtigall
du liebe Zeit durchdrungent.

Hozu

Taz hat
owi-zaz
waizaiz
Hon

oku-sain Soizu
hatu moznhart
Zait

alla Paz
alla Taz
Ntaz
Ntaz
Ntn Taz

alla Harza-Parza

ai ai
hara Tazn Zai?

Metronom

Oku-Saka
aiwaiz
zaz aizn (zewis) Zaz

Paz Klumpatsch

Oinhoitn
Aizhaizn
Oinhoitn
Aizhaizn

Haiku-Raniza
(ausatmen)
Züs

(Hozu ter Mezzar
ter Zaiku Roibar
ter Kiri-Hazn-Tazn)

Owi tempest
waizu haitu
zorran

Nö

(blänntä)

Tas Illusiun
statisfiziert
die mengliche
Schraufe
läumstens
kollekt

aber das
Eibliche
urmelt
wacholder
wardeinisch
frontäl –:

Minze Minze
flaumiran
Schpektrum

Ballade vom estaminen Klimasch

wo die sonne scheint   und man gut baden kan
wo der buxbam waxt   und man fein schupfen kän
wö das feiglein murrt   unz man hübsch braten kan

man wu schüpfen kan
u kan beden kan
hü feiglan
das mank
schmaxt

und scheint die sonne waxt   wo man baden fein
und kan man faglan scheint   wo hubsch sanne mon
und das fein bratän murt   wo kan buxbam waxt

hü feiglein
schmanxt
schü
bod

schü
bod

Rach reglob

Ain unbedingt
filem
Raif es
Glaichmut filem
gelaachs und
hatte was rach ge-
böt die
schwer aufzu-
hebenden
Rugen-Schlüffer
von ainem zum
nicht unbedingt
filem ankerem
Schlaif und
Glupe und
Ufferlefs
filem und es
rach restlob
so daf
rain kainer
sich bewegen
hete
brachn-gottn

Ballade von den Tirpen-Rajneggern

Zatter Ängämlynk robs und ver-
zahnte schlunk-ehs Zangatohl
robs Ettern Yps
rift Doppel-Kimm gattán
unzauberes Mottura –
Lagan in Addnlagan
durks …

Womis loos as Anti-Patten?
Rasenmäher?
Nero arze Neet-Massa?

Mur Lembem Sälbst-
bäwustsain
(Inim Äschli Nebu)
robs riffi-
döm …

Joi suft Anschl! (Säge-Zalaht)
Auter vertirpte
Epher-Schpitzn
Arzen-Schterner
Horrektura-
Indigohl!

Biliehbs! Biliehbs!
Yps!
Womis Yps?

Nichtsdestotrotz berenzte Rift
Inte Graum und Tschukkå Tipps
und Mizzo-Fortä fend impreg-
gnäjtid (ö Kränzä)
mui warzen schterner
wie gesagt: Inte huwwan (panzär) …

Zeht! Auf Rädern Ettern Wirklichkeits-
beschtändä! Miedermonde! Unterlägär! Schpizn-

Schtanzäm-Donnerwolkär-Fäkätä!
Dinte Chemis zeht!

Dat enem Imbim medere Imbim suft.

Schampannär! Witwä! Sälbstbäwustsain!

D'annr-gistrt Märk-Milb!

Doch immer schlimmer robs und verzahnte
Wanzer Flor und arzem Neet-Mazzakkor und
Demi-Moddar graum bekränztem Raben-
Fålwå und immer kumer äpptehs
dräkkärtäm Mottura!
Päk Fliegenschitz!
Päk Zauber-Lökkör-Wätschä!
Päk Schämmylunas ausgespartär
Nokt-Blau

Womis blottas Anti-Patten?
Schlehmis-Tirpen? Nasendrehär?
Lättär-Zungohl?

Är mittär Yps!

Ehs klaret sich und langsam auf den Hügel
schlunk-ehs

Ehs klaret sich und friedvoll wie gestochen
zatter

Ehs klaret langsam und sich wätschä
tübs

Überlebensgrobe Euryathne auf einer allegoriechn Wolke vorbeischwebend

(Zie bläzt Heu-Tompete
heu wie zie bläzt:)

Radix, Codex, Minox – Äskulap! (haddehz)
Agne Remtemtem-Tschütörtök-Trumbitza, agne
Karm-Ha-Kzieh! (haddehz)
Agne Äskulap-Hypostas-Extaz, agne
agne,
agne,
agne
... ädyms! (haddehz)

Mlatex, Astik, Klytem
(heu wie zie bläzt)
agne perückende asklepiadeische Glesna!
Agne Atam-Thum, Galuppi-Glups,
agne lymphomagne agne,
agne,
agne
... xtas! (haddehz)

(Heu wie zie trazpiriert ihren Schnoizn-Schloiz,
ihr Charakter bläzt, zie roizt muko-glyppal,
es rinaspiert, auf der Wolke erscheint ein phänomenomenales Trazparet:)

Heu meu mymykeus heu
heu Rystix-Tox meu
heu Katareutschitschi
peutschitschi meu-meu!
... ädyms!

Agne heurippemde
neue
Erkenntniz-Glyps

Akrostichon Gezier
(Kanevas)

Aschurl
Kelimst
Romunitza (Rautn)
Ommuli-Nöm
Saoumpour
Tschorba Cnotor
Ischling
Culacäisch
Hettekette
Opfist St.Oz.Zw. ¾
Nestroy äußerst

Gefüllter Balaschihn
Edumental Rux (binom)
Zirre Gaun
Im Ägrisch
Enttenzahn (falgo turb.)
Ranft Ruetli

Rue de Nick Ruer

Oh wie wem
immermar
wirlt

klueng iuggn kluengwa
mutelez
an

noli mer
ruer
poliphrem

ei schteigauf coat
hei lauscherschau
mai prolifaerbel
klüengwa

oli me tangs
nick
n
ruer

rue de
polipn

Latzomygon

Mi mitsch mig
Omykron
mi mitsch mig
phoran
Grom

phoran atzan Grom

Moize myon Gny
Mimozeron
phoran gyan Tom

Maze mitsch analoym
Lyon
phoran goram Otz

Gny witsch zwom
gny witsch zwom
tychon Zon

Nogy watsch Lyzom

Latom Zongolam
latom Yggolaz
latom Womyzym

O moy Zon

waz gonowaz
maz analoym
maz alimon

Wom
Alimon
Latzomygon

wom
Zygon zwom
Omygon

Latz gom

Meeresruh

BlaU VerT ElS PinS
K i x l i m b a U
Gür-eL = Vier-eL = (K
n a c k h l a u T)
AbschiZ AbbelaiNN
PsiN MirA XainmeS

& G i e r c h E &
IhmS BlatterhahnS
AtscheßteM AVstriA
B h u ö c k e l S
WintherO MahrahraH
= KükülÖ ... KükülÖ =

PinS VerT WladnlaU
Els WliesöntT GiulT
& D i u r ch E &

Els ThautM BhuöcK
AuthanD Y AuthanD
K i x l i m b a U

Wechselbalg

Frescobaldi

Ich bin ein Gegenteil von bin. Bin ist
ein Gegenteil von ist. Ein Gegenteil ist
ein Teehaus von mir. Zusammen mit einem

Gegenteil bin ich ein Rohbau von bin oder
ein Teehaus von ist. Das ist gar nicht so
kompliziert. Ist ist ein Teehaus von Cel-

le. Ohne Teehaus ist Celle ein Rohbau. Ein
Gegenteil von Celle ist ein Adagio, und
zwar mit mir in einem Rohbau. Aber auch

mit Bruno! Mit Bruno zusammen ist Celle
ein System von bin. Zusammen mit mir ist
Bruno ein Rohbau von Scharun. Mit und oh-

ne Celle ist ein Adagio mit Bruno ein Tee-
haus von mir ohne Teehaus – ein Gegenteil
ist ein System ohne ist, nur bin. Aber ich

bin gar nicht so kompliziert wie mit Bru-
no zusammen im Rohbau. Ohne Celle ist ein
Teehaus in Celle ohne ist – das ist ein

Adagio von bin oder ein Rohbau ohne Gegen-
teil in einem Gegenteil ohne System oder
Bruno ohne Bruno in einem Teehaus von mir.

Brösel im Menetekel

Multiple Teerose! Butterkekse im Haar! Kissen aus
ungelebtem Gelee! Wie drei Dinge zueinander liegen,
das steht und fällt mit dem Schaum, aus dem sie ra-

gen. Schlägt der Purzelbaum den Wurzelhund, so bist
du aus Porzellan. Werden die Scheren im Himmel ge-
schlossen, handelt es sich um Sandsturm. Läuft aber

das Öl wie am Schnürchen – jemand ist überflüssig.
Achte auf die Fechtübung, mach Knötchen, sei etwas
weniger zynisch. Der Zwischenraum kennt nämlich drei

Positionen: die des Schreckens, die des Zustands
und die der Abschweifung. Kommt dir Bösliges ent-
gegen, so lebst du in Frieden, wiederum ein Granit-

felsen läßt sich nur quer zu drei Sätzen zerknir-
schen, während innerhalb von einem Knie sich die
Haut völlig ändern kann. Wie die Dinge nun liegen,

besteht dein Kontakt aus einer brenzligen Geschich-
te. Bist du aus plastischem Holz, so ist es Winter.
Handelt es sich um Widerruf, werden die Teerosen im

Himmel geschlossen, und du wirst zum Kissen. Ist
aber jemand abhanden gekommen, ragt aber ein Hünd-
chen aus dem Schaum, stimmt aber sonst, jedes Haar.

Sandkasten

Mein Gegenteil ist so hart gesotten, daß, wäre
ich sein Gegenteil, es mich nicht gäbe. Im Ge-
genteil: es ist so unverwüstlich zäh, daß, gä-

be es mich nicht, es es noch immer gäbe. Ich bin
nicht einmal sein Gegenteil. Hingegen es: weit
gegenteiliger als ich je wäre! So stehe ich nun

da und stelle mir eifersüchtig vor, es sei mein
Gegenteil. Wie schön wäre es, ein Gegenteil zu
haben, das anders wäre. Es gibt in meinem Sand-

kasten eine Figur, die ich gar nicht mag, aber
sie ist das Gegenteil. Mein Sandkasten ist so
beschaffen, daß es meine Figuren sind, die spie-

len, mich und das Gegenteil. Selbst wenn ein
Gegenteil die Figuren bedient, sind wir im Sand-
kasten und nicht anderswo. Ich bin eine seiner

Denkfiguren und könnte meinetwegen auch mein Ge-
genteil sein. Angenommen, ich sei so zäh und un-
verwüstlich, daß ich mein Gegenteil sein könnte;

angenommen, es wäre mein Gegenteil: angenommen,
ich seines nicht. Es wäre zu schön, einmal ein
weniger hart gesottenes Gegenteil zu haben.

Resopal = Jupiter

: das kann nicht sein – nein, es darf auch nicht
sein; es darf nicht sein was nicht sein kann und
kann nicht sein was nicht sein darf; das muß ein

Täuschmanöver sein; kann sein kann sein; doch
muß nicht sein, oh Schlüsseldienst – was darf
es heute wieder sein?; Atoll = Catull = Pupille?;

nein nein; zwar darf es sein und kann es sein
doch kann und darf nur es es sein – das muß es
sein; Schluß mit der Laubsäge!; es muß was Wun-

derbares sein, ein es zu sein; das kann mal dies
mal jenes sein; kann es auch ein Irrtum sein?;
im Prinzip ja – wenn es auf einmal ist; ach isten

oder sein; süß-sauer oder scharf-essig beziehungs-
weise kurz-langsam; was ist kann sein; was nicht
ist kann desgleichen sein; oft muß und darf es

darum sein, hingegen stänkern Sesam-Streuner und
tilgen kleine Rillen nicht; oh Mehl im Intellekt;
nichts muß sein; nichts ist und darf nicht sein

und kann und muß nicht sein und muß und kann nicht
sein; einmal wird es keinmal sein; Schluß mit
dem Jubel-Streusel!; her mit der Vergangenheit!;

da war doch was – zum Preßspan-Kuckuck-Gänsefüß-
chen!; was kann es bloß gewesen sein; aber räu-
spert euch doch räuspert euch wenigstens aber:

Aus Forschung und Wissenschaft

Die Symmetrie an mir besteht aus einer Achse,
die, wenn man sie aufrichtet, mal so, mal so
verläuft. Dann wächst mir wirklich alles dop-

pelt aus der Seite: das Bein, die Haut, der Trä-
nensack, die rechte Hand, ein Kinn, verschiedene
Haare. Gleich tritt ein zweites Auge aus dem

Kopf – der, wie ein Salatblatt, zunächst zwei,
dann zwei mal zwei, dann zwei mal zwei mal zwei
und immer weitere Eiszapfen hat; zur nackten Exi-

stenz genügen vierundsechzig Felder. Zwar ist
nunmehr die eine Hüfte mitten auf dem Bauch –
der andere Bauch dafür sitzt wie ein Messer an

der Kehle. Dann ist es Mittwoch im Profil: durch
Löcher, die zwar keine sind und rasch verschwin-
den – es sind Flughähne, umgestülpte Luftkorri-

dore – verdanke ich der Welt, daß vieles in ihr
gleichzeitig passiert; und, wenn die Post kommt,
das rotierende Moment. An Feiertagen breitet sich

die Hypophyse aus: ein Lappen hier, ein Lappen
drüber, Sandwichmodell – zwei vordatierte grüne
Zweige, auf dem Kopf. Hinzu kommt allerdings ein

Blinddarm, die Zerzausung des Erdschattens, der
schiefe Hodenbau da Vincis, das Regenbogeneuter
der Minerva – die Symmetrie ist bitte oft sublim.

Faustregel

Die inneren Unterschiede folgender Länder tra-
fen gestern in zahlreichen Hauptstädten zum Ab-
schluß mehrtägiger Austauschverfahren zusammen:

wo, im Unterschied zu zahlreichen Hauptländern,
die Stadtanschlüsse folgender Tagesäußerungen aus
mehreren Erinnerungen zusammenführen: und das zu

einem Zeitpunkt, als innerhalb des Abtausches meh-
rere Tagungsschlüssel über untere Verfahren aus-
schieden: weil in zahlreichen Städten, die mehre-

re Tage dauerten, die äußeren Erfahrungen ein un-
terhalb des Inneren behauptetes Zusammentreffen
überhaupt ausschlossen wie folgt: zusammentrafen

gestern die zwecks mehrtägiger Unterschiede betref-
fend die Innen-, Haupt- und Schlußfolge im Abaus-
tausch zahlreich Betroffenen, und zwar: der Unter-

schied des Folgenden, der Unterschied des Zusammen-
treffens, der Unterschied des Ausschlusses, der
Unterschied des Unterschiedes sowie mehrere unter-

schiedliche Außen- wie ausschließliche Unterunter-
schiede. Das Protokoll verlief im Geiste mehrtägi-
ger Ausscheidungszusammenschlüsse, im ganzen fünf.

Testament – auf jeden Fall

Jalusien aufgemacht, Jalusien zugemacht.
Jaluzien aufgerauft, Zuluzien raufgezut.
Luluzien zugemault, Zulustoßen zugemault.

Maulusinen angenehm, Aulusinen zugenehm.
Zufaliden aftamat, Infaliden aftamat. A-
fluminion zugesaut, Aluflorion zugebart.

Marmelodien zusalat, Marmeloiden busalat.
Aufgemalt o aufgemalt, zugedaut o zuge-
duzt. Duzentrum o Lepenslau, Hufenbruzen

Openbrekt. Primolimes Heiferzocht, Bene-
lalia Zuverzum. Ma mu, Amarilles off off.
Bulamanium Absalom, Albumenium Zusalon.

Nostradamul Hanomag, Lanatolior Gartem-
slauch. Futusilior Abfallgeist, Mutuna-
lia Pirrenholst. Zephaluden Enziaul, Ze-

phaleden Ychtiol. Nebelnieren Löwentran,
V-Scharnieren Besenraum. Ebeltüren C-Streu-
salz, Aventiuren Abstrahldom. Stalagmisda

Oberom, Virostrato Luftballon, Jalopeten
angemacht, Sulalaika Kukumatz. Mulu aufu,
mulu zuzu, zuzu muz. Monte Ma o Monte Zu.

Boiler-Prozession

Vorderlamm und Ludenwurg; Zeppelin und Seiden-
fuß; Hindernis und Ebendrung; weiter; Hühner-
brust und Seifenbast; Lebewohl und Waagerecht;

Garamount und Fersengeld; tiefer; Nebelhöh und
Rachengold; Rabenfett und Gegenstand; Möwenmaul
und Wolkenschlag; fester; Misanthrom und Muskel-

sack; Huckebaum und Lindenleim; Nackenzapf und
Romeo; höher; Überlauf und Reservoir; Vinilin
und Ninive; Residenz und Perikles; enger; Vor-

derkopf und Seitendruck; Peesendorf und Tannen-
seim; Hinterlamm und Waberzwirn; dichter; Trep-
penhorst und Gartenhaus; Moskito und Leisten-

bruch; Wadenfrei und Ruderboot; vierer; Maden-
stein und Fortepian; Rösselweiß und Lilienchrom;
Chamois und Maschendraht; näher; Laserstrumpf

und Methanol; Bonifaz und Eiersprung; Sauerfurt
und Boleslaw; weiter; Löseglied und Ruhmesbein;
Sagenring und Mauerblatt; Unterschlumpf und Stab-

hochhaar; schneller; Butterbreit und Morgenrot;
Binnenfleiß und Außenhaut; Überhang und Enger-
ling; weiter; Silbenstich und Vordermann; später.

Landschaft mit Einsprengseln

Draisine auf dem Schienenstrang betä-
tigt ihren Schicksalsdrang – unbemannt!
Ein Bild für Götter! Zwischen Bozen und

Meran. Rhythmisch massiert der Himmel,
himmlisch pendelt der Zahn, alle Sekun-
den lang. O Familienhaupt! Draisine

schrammt sich ran. Mittenmang, mitten-
mang zwischen Szilla und Astrachan. Pres-
siert ein Clan? Wankt der Kran? Schwant

am Ende gar Pandischpan? Oder die Mole
des Dschingiskhan? O Wimpern, welch ein
Plan! Welch Kranz auf dem Vulkan! Panisch

schmeißt sie sich ran – ein Leckerbissen
für Kenner, zwischen Yo-Yo und Cancan ... o
pränataler Wahn! Draisine ist einsame Wolle.

Plätzchen backen / Winterküche

In diesem Lappland-Winkel, den du »Jenes« nennst,
obwohl man allenthalben »auch ohne Trockenschnee«,
doch »halb und halb auf Kokos-Läufern d.h. gegen-

seitig, wie miteinander« sich auf eben dieses »Je-
ne« zu bewegt, ist diesmal (Tischdruck) aber wirk-
lich nichts von »Jenem« anzutreffen – sein Zustand

jedenfalls sieht danach aus. »Jenes« ist ja auch
nur eine »halbe Mehl-Gemütlichkeit« in eben »je-
nem« Zustand, der höchstens »herrscht«. Die ande-

re Art von »Rühr-Gemetzel« heißt dann auf dieser
Seite freilich »Saum« – doch nur in Anbetracht
»der Fülle«, bzw. wenn der Schatten »so wie jetzt«

fällt. Fällt er »irgendwie bis selig«, so handelt
es sich um den »Schaum der Falle«, den du in An-
betracht des Umstands wieder »Frei-See von Jenem«

nennst. Ohne den Senk-Besen, also »wild, im Stimm-
bruch begriffen, jenseits von Bärentatze«, steckt
ohnehin so viel dahinter wie »Grünzahn, halbe-hal-

be« oder »Spiridusi-Ambo«. Es ist zum Kirre-Knu-
spern, ja es gibt hier »Schnee-von Life- und So-
wie-jetzt-Hefter« – erst wenn du davon absiehst,

kann man sagen »mehr wie nichts«. In diesem Win-
kel dämpft die Ebene »bei Fuß, wie gegenseitig« –
wir haben es »mit dir« zu tun, Mürb-Schuh, Lapp-

land-Karree, Stechform-Besatz! Im allgemeinen aber
fällst du »bar jeden Saumes«, der dahinter steht,
aus jenem Zustand, der hier höchstens »knirscht«.

Gewaltig hoch und tief

Angesprochen auf seinen Ernst, schäumt das Leben hoch und gewaltig waagrecht, denn alles andere ist unernst. Platt und unseriös die toten Sprachen, das anorganische Flick-

werk – lächerliche Gen-Konstruktionen. Hingegen das Hoch-Schäumende, das Waagrecht-Krause, das tief sich Spaltende, der Ernst. Er ist des Lebens. Alles andere des Todes, des

Ringsherumigen, der Hilfsmarotten, stoffnäsig und hochmütig: Kind Gottes oder des Teufels! Du bist ein Kind, also des Lebens und vom Ernst gezeichnet. Ding der Unmöglichkeit! Du

bist ein Ding, also des Todes und von der Kurzweil gezeichnet. Oder was? Und du Anblick der Vernunft bist unmöglich und doch tief und schäumend, weder Kind noch Ding. Also bist du

sowohl des Lebens als auch des Todes, ein Unding des Waagrechten, alles andere ist platt. Sag mir, wes Unernstes du bist, und ich sage dir, Kind oder Ding, wessen du bist, des

Lebens oder des Todes. Und erst die Klünkernis! Das Borned-Biefige, das Technisch-Machbare, das krumm sich Knödelnde, der Witz. Er ist vom Leben gezeichnet, ein Kind von Traurig-

keit, ein totgebornes Ding. Angesprochen auf seinen Sinn klumpt sich das Leben gewaltig, denn alles andere ist waagrecht: Wes Kindes Ding! Und viele Geister sind des Todes Ruhm.

Klumpatsch

Ungern und forsch aus Technik und Wissen geboren:
sprunghaft erloschen im Hinblick vor jeder Bezie-
hung: was du auch tust, tu es im plumpen Bereich

und denk an die Frösche: auch Wirbelströme irren:
gib dem Fett einen Auslauf, sei Vorsehung und Sei-
de, wenn du kannst, doch gib acht auf diese dummen

Ratschläge: der Mond auf seine Art hat keinen Appe-
tit: habe dessenungeachtet Seife im Ohr, vernachläs-
sige dein Nagelbett, greif ungeschickt nach jenem

grauen Papier: wenn angesichts einer feuchten Ge-
hirngrube dein Gestirn in Phasen geht, blau, gelb,
rot und andersfarben, auch metall-blöde – zeig was

du nicht kannst und klump dich breit auseinander:
glühen kannst du noch immer: mach aus deinem unter-
entwickelten Hehl keine Herzfaust und aus den Eier-

schalen keinen Schraubstock: gescheitelt werden im
dreckigen Wetter, das sollst du: tu es im falschen
Bereich: scheu keinen Matsch, sei eine menschliche

Enttäuschung in plumper Hinsicht: galvanisch und
pieslig geboren, von der Seite erloschen, was du auch
tust: tu es dick und klitschig, ungern und forsch.

Willentlich gebrochen

An dieser Stelle fehlt ein weißer Fleck. »Ich
hasse einen weißen Fleck, der es mir nicht er-
laubt, in die Nähe eines geliebten Toten zu tre-

ten.« Was an dieser Stelle fehlt, ist unüberseh-
bar – weiß und mittelgroß. »Ich hasse die All-
macht des Flecks, die es mir verwehrt, ein letz-

tes Wort mit ihm zu wechseln.« Selbst diese Stel-
le ist am Rand zum weißen Fleck, der fehlt, fast
weiß. »Ich hasse diesen unübersehbaren Fleck, der

es mir nicht erlaubt, den Toten selbst zu waschen
und zu kleiden.« Er ist so mittelgroß und so weiß,
weil er an einer so unübersehbaren Stelle fehlt.

»Ich hasse alles Weiße, das es mir verwehrt, dem
weißen Fleck die letzten Liebesdienste zu erwei-
sen.« Der Stelle fehlt an jeder Stelle die All-

macht der mittleren Größe. »Ich hasse die Toten
in ihren weißen Kellern, die mir nicht erlauben,
allein und mittelgroß zu sein.« An dieser Stelle

fehlt ein weißer Fleck. »Ich hasse diese Stelle,
die keinen Zutritt freigibt.« Was fehlt, das ist
ein mittelgroßer Fleck zum Fehlen dieser Stelle.

Abendlied

Der Tag legt sein Verhalten an den Flauschhund.
Ein Kleeblatt bringt den Stadtverkehr zum Schäu-
men. Kein Schlußkapitel fällt vom Baum der Ener-

gie. Fast langsam wird die Schleife sanft magne-
tisch – die Induktion schließt Daten ein, nicht
aus. Verhalten knickt der Nachbar ins Papierbett.

Kein Lüftchen legt sich an, es geht mit Dingen
zu. Leicht unhygienisch liegt ein Arm im Schließ-
fach. Auch das Paniermehl schlingert aktenkun-

dig; Sachzwänge bringen etliches zum Tragen, ach
wann? Die Gurkenblüte schließt ihr Machtverhält-
nis aus. Es kehrt das heiße Fett sich nicht an

Kind und Kragen – den Phänomenen wächst die Spu-
le an den Kern. Postalisch wird ein schlankes
Haar gebogen; auf kleinem Fuße köchelt die Ver-

bene. Schon naht, was sich ins Stil-Empfinden
schickt, auf leisen Katalogen. Am Kühlturm geht
Dianas Schwester außen in die Knie. Verhalten

steigt die Induktion in Scheuerleisten – kein Irr-
tum legt den Mund ans Ohr. Der Tag schließt seine
Gurken an den Drehstrom. Steinzeit – gute Nacht.

Über meinen Schlaf

Früher, wenn ich einschlief, kam der Schlaf. Heute,
wenn der Schlaf kommt, schlafe ich schon tief. Der
Schlaf kam damals später, jetzt schlafe ich früher

ein. Wenn ich tief schlafe, kommt es vor, daß der
Schlaf, wenn er dann kommt, mich noch einmal weckt,
bevor ich weiter tief schlafe. Früher war das so:

ich schlief, und der Schlaf kam. Bloß wenn ich auf-
wachte, war er wieder fort – ein unruhiger Gast.
Jetzt kommt und geht er etwas ruhiger, während ich

schlafe, und manchmal ist er plötzlich da, wenn ich
wach bin. Dann wache ich auf und sehe, daß er da
ist. Es geht mir der Schlaf durch den Kopf, auch

jetzt, ich kann nicht einschlafen, bevor er geht:
dann muß er wohl kommen. So ist es jetzt anders wie
früher. Er kommt und er geht, ich bin wach und ich

schlafe. Manches geht mir durch den Kopf, der im
Unterschied zu früher dem Schlaf immer unähnlicher
wird: auch er kommt und geht, auch er weckt mich

hin und wieder, während ich denkend ihn schlafen se-
he, bevor der Schlaf kommt, diese beunruhigende Ru-
he, die keinen Schlaf kennt, auch wenn ich wach bin.

Anrufung des Realismusproblems

Schwer hochgeborener Katheter! Rektor der Weichen
von Schmargen! Trumm Unbehagener von Katz und Mitz!
Deiner pferdigen Blümnis Anschimmerer! Halogener Po-

tentat zu Impfendurst! Von Seiten Heberleins und
Schludern sehr verneigter Zungenschlitz! O verbal-
diademer Zeitungsleser! Portokalen-Kolportator! Ver-

menschlicher! Von und zu Bürstenzwang rosendig und
über schorrer Labsal Klotz erhabener Verdächtigungs-
Suderer, koketter! Glöckner der Mimen! Mime der Mi-

sogynen! Muskete Sütterlins! Afrodynobombaster Kata-
spast! Holder Exzessor von Mymyzyn! Staatlich ver-
eidigter Übersetzer! Geheimnis-Krämer in Klypto zu

den Eukorbatschen und Susen! Auf Schoß Haferschleim
Haar über Lorchel und Castrabetz! Synoidaler Anti-
path! Schmeiß-Verfestiger! Kur-Packung von Leichen-

theil! Großmächtiger Losreißer und Anerkennungsbre-
cher nach Span und Hobel zur zweiundfünfzigsten Brem-
se! Tulai Muttule! Kobald und Kukuruz! Insummanter

Maß- und Warzen-Lieferant meines assymetrischen Bun-
kers und Leib-Pharisäer des Dienstags, herzaller-
schlenkerter Kotetz-Ausrutscher, ha, Phosphatter!

Harmonie in jedem Fall

Wirt! Die Schuppe ist vom Tisch! Stimmt, es bald
ja schon – hört, was Genofefa spricht: Dagegen
sind wir Waisenkinder. Wind, es ist zart! Baden

wir es ihnen einmal aus. Geh, Eternit! Ammoniak
fällt an. Dafür, daß nichts mehr auf dem Teppich
geht und bleibt, komme was wolle in deine wilde –

Groß! Mehl! Danke, senkrecht. Seht, zwei bis drei
El Öl, 's ist Krieg. Ball! Dagegen sind Charakter-
stöße blind. Also, bevor es Eisenbahnen gab, daß

– bitte! – jemand sich verdrückt, kommt, Haare,
hoch. Müller! Der Schlucker ist vom Tisch! Still,
spreitet den Kabeljau auf – hier so, da so. Au!

Der Nabel ist von einer Kuh. Dagegen sind wir Ka-
tachresenbinder. Lind, es ist wurm. Was rausmuß,
stimmt, Liebreiz war hier – ein penetranter Hirsch.

Es bald ja schon: Der Wagenheber ist vom Ofen, der
Ofen ist vom Schirm – der Scheibenfischer aber
von der schönen Lau. Bart, es ist hart! Auch Geno-

fefa rinnt bereits vom Tisch. Mehr Stau! Mehr Broc-
coli! Mehr Eternit! Dagegen sind die Knödelwürger
unter aller Sau – Tüll, Herr Lanzelott, mehr Tüll!

Tschüs – Kordilleren!

In Anbetracht der Iris blüht die Phantasie – ein
Lotus-Doppelsieg in Formel Eins! Den Blinden gibt
es der Geschlechtsverkehr im Schlaf, noch einmal

schafft der Andengürtel es, im letzten Augenblick
– die Bundespost schläft nicht. Im Land der Träume
ist der Kabeljau Asbest. Auch gute Augen schützen

nicht vor blauen Wundern: einhäusig schießt der
Kundendienst ins Kraut – der König wabert wie in
einer Frikadelle. Schon donnert Iris (Sumpfschild-

lilie) durch die Lappen, am Sitz der Trainer ist
was los – da reißt der Brief, die Menge quillt:
Pamela wurde eingestellt bis auf die Knochen, Rotz

und Feuer. Doch wie gesagt, der Sieg schläft nicht.
Geschlechter gehen und Geschlechter kommen – nach
Runden scheidet Anastasia (Achillesferse) aus. Bei

dem Verkehr bleibt keine Klopfzahl trocken. Tartar
und Pantograph sind auf dem Posten, in Boxen ste-
hen aufgereiht die Blinden, das Kleingehackte wa-

bert im Papier. In Anbetracht der Schlitze blühn
die Planken – dem Kabeljau gibt Iris es im Schlaf.
Potz Phantasie: ein Doppelsieg! – Lotus war hier.

Texte der Jahre 1974–1980

Brautkutsche hält
Bräutigam ab ins Gebüsch
Braut träumt einen kurzen Regen
Wald macht Szene

Aus dem Gebüsch ein Hundekopf
aus dem Gebüsch ein Kalb
ein Kalb mit einem Hundekopf
niemand sieht zu

Wald traurig
Wald dichtet:

»Kalb mit Hundekopf ist der schlimme
Prikulitsch
alles fürchtet sich
alles sieht zu!«

Aus dem Gebüsch
niemand sieht Regen
niemand sieht kurzen Regen
niemand Brautkutsche
niemand in Kutsche ab
Vöglein von links:

»Prikulitsch Prikulitsch!«

Wer es liest
der hats gelesen

Obwohl mein Vater nicht nur Zeichenlehrer war, sondern auch später einmal starb, hat meine Mutter mich zwar sowohl in Siebenbürgen als auch in jenem Jahre, das für mein weiteres Leben ausschlaggebend werden sollte, aber doch geboren.
Ähnlich komplexe Sachverhalte sind seither in zunehmendem Maße daran schuld, daß ich nicht nur Gedichte schreibe, sondern auch andere nicht.
Vielleicht hängt alles auch damit zusammen, daß ich in der Schule – Platons Schule natürlich; wo gesprochen wird, wann immer, dem blüht sie – nicht genau aufgepaßt hab, wie Schuld und Sühne sich zu Krieg und Frieden verhalten (wie Romane nämlich einerseits, doch andererseits biographisch, jeweils wie reziprok), und zwar weil ich grad damals unter den Dampfkesseln Nachtschicht hatte, um gegen Ursache und Wirkung ein bissel historisch und ein bissel immun zu werden.
Später war ich Kistennagler, Betonmixer, Wohnbaukostenvoranschlagkalkulator, in einer kraus waldigen und ondulatorischen Landschaft, die mit Musik zu tun hat; kurzum, was ich so über mich erzählen kann, ist nachher (d.h. bedeutsam betrachtet) auch wieder künstlich, also komponiert; freilich hab ich dann studiert, in Bukarest, und sogar beim Rundfunk gearbeitet; als Reporter war ich aber schwach.
Trotzdem, auch nach ein paar geographisch weiteren Hupfern und Einsichten, krieg ich noch immer eine komische, das heißt freiberufliche Gänse- und Vagantenhaut, wenn ich so sag: »Ich bin Poet« – oder gar: »Ergo sum«. Suspekt, suspekt. Denn von all den Erkenntnisgeschäften, über die ich dann Buch führe, sind zwar auch manche abwesend, doch selbst die Vordrucke entbehren fahrlässig der Vollständigkeit.
Ansonsten erkläre ich hiermit, daß ich im Nageln von Butterkisten weniger gut bin als im Nageln von Auberginenkisten, bei denen ich es einmal auf 800 Nägel die Stunde gebracht habe. Es lebe die Auberginenkiste, sie ist eine Naturschönheit.
»Unterschiedenes ist gut.«

Die Sonne sticht wir haben was im Anzug
stöhnt auf der Trambuline Tante Tuba
zwei Tauben tragen ein Geselchtes übers Wehr
und auf dem Schwimmschuldach wächst Hafer

zwei Sonntagskinder stemmen heiße Hanteln
die Panik wächst Endymion schlüpft ins Wehr
wir haben was im Anzug meint der schlimme Oberst
und Tante Tuba sticht am Knie der Hafer

zwei Tauben tragen einen weißen Kefir
hoch übers Schwimmschuldach zur Trambuline
zwei schwarze Hanteln turnen mit den Kindern
Endymion stöhnt wir haben Tante Tuba

Lesungen mit Tinnitus

zugspitze

die wunden
und die sandalen

die postboten und die restposten

die schulden und die wonnen
die daumen und die karten
die wangen und die gurten
und die rouladen

die waden und die schwalben

die pulpen die schluchzen die latten die fluten
die waben und maden und schaben und karren
die backen und die gurken

die bracker und die schnaken
die galonen und die waller
die tafeln rahmen flanken fersen
korken und tuschen
wolken und zensuren

noten und betonen

die spül-mühlen wühl-waren bach-mandeln wach-raunen
die antilopen burikaden kantilenen
die biskoten und balamuken
die kanuten und spinaken
und die lupinen

die bipeden und die bepiden

die ingwer die jeden und weden die beben und quasten
die lysen und praxen (und die mix-besen)
die schnatter und die rost-grillen
die gneisen und die schloten

die euter und die paar katen

die langusten
die tomaten

die kauminuskeln
und die gliedpfannen
und die südpfoten
und die mondmuskeln

die wimpern und neutronen

und die bimser kälter tinter spenzer / dormeusen mähdüsen bermuden / taxen tuner pemper / tüten pönaken dolomiten / wandersalamander parzen spaten aurier / zähren muränen migränen und glyphen und kiwis
die astern rüstern lulus mukas lettern und binsen und mangos
die ruck-musen fakronen bamoks garotten fiaker moustarden puletten
die hunters gluckis basen wiesen zubringer

und die rebusker
und die massacker
und die komparsen und bombinen
die schnauber und die stauber

und die styropäer

und die bummeln
die primeln und sekunden
quarzen und toten

und die leumonaden

und die ampeln

und die wufs

kurze ode für ef fon o

o fater main son – am donerstag
grosmuter o – main leucoplast
ainmal nach america. o nach america?
nach der grusformel – o sonenschain!

main o aigensin den si zufor
wo di libelen belen – gartenhaus.
hast eben den – main busen o dan
fon radio wene – tipex jegerkraut …

dir habe besen wegen drai – anakreon
dain iugendbild o maus mein kin!
ainmal rasch nach hosenbainlatain
und dan owid – o wi uns lemisch o.

Oden an Jajanden und Neineinden

Puten Daten Dum –
Com Daten Puten:

Puten Dum Jaja
Puten Dum Neinein
Ichen Puten
Duten Puten
Ander Daten Nichen Hapen

Hapen Jaja Caputen –
Ausreisen

Hapen Neinein Caputen –
Ausreisen

Beten Dam Ganten Caputen

Ach Caputen Daten
Hapen Ebenfalen Daten
Ach Caputen Computen
Hapen Ebenfalen Computen

Dum Com Muken Puken:
Ichen Muken
Duten Muken
Computen Nichen Muken –
Weten?

Ichen Daten Duten Pum
Duten Daten Ichen Pum
Huten Tuten Com Puten
Doten Hapen Com Poten

Ach Tapen Papeten
Dum Pum

– oder die Elche. Welche? Die wie Häcksel im Strohsack? Die Fenchelgeräderten? Die auf dem Wechsel? Schönes Getier, stolzes Getier. Ist stolz schön? Ist

Getier stolz? Ist Getier auf seinem Platz? Von Elchen, sagt Cäsar, sie wechseln wie Streusalz die Richtung, die auf der Pfütze, die unterm Licht – das wie-

derum wechselt die Elche, grün, weiß, grau, wie eine Flechte. Sprechen wir nicht davon. Auch Cäsar hechelt und streckt sich: auf die Plätze! Die mit Bolzen im

Pelz legen sich prachtvoll ins Kreuz – Lagerschein; die nächsten heben schwere Melkschemel ins Heu – elfenbeinerne Schaufeln; und erst die restlichen! Elche

mit Brüchen und Kugelgelenken – sie humpeln und stelzen. Von Gründen zu Gründen, sagen welche, sie trampeln wie Cäsar: die auf den Knien, die unter dem Ex-

empel – das wiederum stempelt die Elche, herrliche Wälzungen! Die wechseln die Lichtung, den Zorn, den Stolz, die Dichtung; diese die Elche – nichts für

ungut; es gibt welche, die sind grün, weiß und grau; auch Flechten gibt es, Bärte, lähmende Rechnungen wie Hampelmänner im September – beschämend schön.

Wer des geringsten Widerstandes unter euch, der hebe als erster sein Auge: Es Hitze Schild, Es Nieder Lage, Es Wind Zufuhr – konvex, konkav, ventoux ... Wie in den großen Zukunftsromanen: Tag Mond kippt aus dem Horizont ins Auffang Becken – Europa, schwindelnd, bis zum Mars! Und auf die Höhen Tiefen Ginster Automatik, die sich verflüchtigt, fällt aus großer Nähe die Kugel Schatten Quantität, mein hohl gesteppter Saum: Ihr also auch, Kanäle? Netze? Herzenslust?

Siebdruck (Picknick)

Zumi, mach den Laden auf! Der Mustar kitt!
Ambo fährt zusammen mit Gershwin aufs Land.
Dicht angeschlossen erblickt Luch die Welt.

Hin- und hergerissen seift Zumi den Tisch.
Auf dem Tisch liegt ein Stück Zucker nicht.
Ambo fährt zusammen und mit Gershwin hoch.

Den Nacken am Wasserfall, die zweite Front,
langsam tritt Mustar in ein Stück Schotten.
Eingeseift ragt der Tisch auf beiden Wangen.

Es ist Kitt, Zumi! Beiß die Laken zusammen!
Ambo fällt zusammen mit Gershwin ins Genick.
Hin- und hergerissen steigt Licht im Zucker.

Training für kleinere Bauten

Genug, um ein Register zu enthalten, füllt eine Halle
einen kleinen Saal – von A bis Z sind der Völligkeit
keine Grenzen gesetzt. Die Beinhaltung kann beginnen.

Es gibt den Einband, und es gibt den Einwand; schon der
eine Saal füllt eine kleine Halle. Und erst das Register!
Ja, die Freude, ein Register zu enthalten, grenzt an die

Beraubung des Verstands. Grundsätzlich kann die Halle,
die einen Saal füllt, einen Saal enthalten – im Wesent-
lichen aber füllt der Saal, der eine kleine Halle füllt,

nur seinen Zweck. Wo bleibt indessen das Register? Ach,
schon Überlegungen wie diese füllen ein Register – dar-
über noch in Worte zu verfallen! Nein, was Bauten, die

füllen und enthalten können, doch alles fehlt! Gehen
wir in eine Bibliothek. Erfaßt von der Erfassung, voll
zu sein, ergibt sich eine Fülle von Gefühlen. Auch klei-

ne klaustrophobe Klöße sitzen in der Kehle. Kein Turn-
saal, der nicht Völker aus der Fassung brächte. Selbst
Prozessoren, die des Nachts um abgelegene Bauten schlur-

fen, sind keine Aufschneiderei. Genug, um ein Register
zu enthalten, füllt eine kleine Fuchsie den ganzen Bau.
Dem Außersichsein sind von A bis Z keine Grenzen gesetzt.

hier hat es die rosen an

schläft eines in allen dingen
zwei ist eines auf vorderwort
und nicht neben anderes haben

ein es – ein es: im essigkrug
hinan! ein gutes zur rechten
hat worteswort – alles export

es in die länge war am anfang
das ledig wörtliche zieht es
in faust und wenigkeit höher

kein osram-tungsram ist es ja
es ist auch kein apfelsin ihm
zu bernhardin gleichen falls

umwerfend hat es im unterschied
und ist in hall und widerhall
damit sofort ins wort gegangen

das steckenblieb in hals & kleid
eines dort wie zeit-orthographie
unterm stichwort geist und nackt

deswegen haben sie dort meines
während es übriges essen muß
was ihm bein und kleid rosen

für wessen pronominal-stellung
an einem schönen genitiv des orts
wie zu betrübsblind vor übesam

efzehn / bumbaloh 4:4

im zweifel – immer für süß
salzig und sauer fällt aus
auch fleisch fällt fisch-egal
weil länger-süß will süß-hunger

süß-fisch und süß-fleisch fällt süß
auch kuchen und fettgebäck – egal was
süß-zweifel ist süß-igelzahn egal wofür
immer wenn süß will fällt süß aus – genau

salzig ist süß-egal – kuchen säuert aus
fisch will egal was ausfällt süß-süß
salzig-fett und sauer-satt hat wurst
rache hat heu-heu – einen haufen ausfall

hunger will süß-wasser und heu-fisch
und salzig-sauer aus zweihundert fleisch
und mit viel fett und süß-haut von leber
will süß-satt-scharf – weil drei aus vier süß

Seeblick

Wo der Große Wosinn in den Kleinen Wannsinn mün-
det, dort ist es dann: Vollmond. Wo umgekehrt der
Kleine Wosinn in den Großen Wannsinn mündet: dann

eben nie. Wie Klein und Groß jetzt miteinander
müssen! So ist es klar wie Espenlaub – ein Zitat:
Sahne und Silber, ein Wahnwitz. Und sie entleh-

nen sich, und wie sie sich entlehnen, schau, bis
auf die Schuh; klinisch sind beide ein Boot. Mün-
den sie aber reihum mal darum mal dahin (»Schilf

im Rohr«), so ist Schwan im Wind: hol rübel! Kein
Guckloch, wo der Wosinn seinen Wannsinn fände,
kein Werder so versponnen, daß einer den anderen

zurücklehnt: beide sind einfach dort. Und erst der
Vollmond – nie dann. Ihn sieht man gründeln, bis
an die Knie. 'S ist Schilf im Rohr, setz übel!

schneematsch

die anderen haben es gut
ja die haben es gut

wir haben es heute besser
oh ja hier besser

die anderen aber noch besser
dort ist es warm und kalt

kann man es besser haben?
nein hat man es hier gut!

denn wir haben ja die anderen
die es dort anders haben

weil andere es anderswo haben
ja wir haben es anders besser

sagen die dort draußen
vor dem kleinen türl

sagen die dort drinnen
hinter dem kleinen ofen

ich bin leider kein ofen kein türl
oder gar beides zugleich

aber dann einmal im jahr
denken wir alle an die

und es wird uns ganz anders
oh ja ganz anders

Junikäfer

Ich bin ein farsch geleimtes Kind
– wenn ich heule pfeift der Hund

Pfeift der Hund auf einem Bein
fällt vom Herzen mir ein Stuhl

Für einen Stuhl mit beiden Ohren
staunt er mich an wie neu genagelt

Wie vernagelt klemmt der Kaffee
Pu ich glaub mich laust ein Igel

Laust ein Igel sich von hundert?
– fragt der Laie sich und wackelt

Sehr verwackelt knurrt der Wind:
ich bin ein farsch geleimter Hund

Pinzetten-Polka

Auch die Beschäftigung im Reich der Ohren – auch sie!
Ich nenne sie: Heraus-mit-euch! Zupfgeigenhansel! Alle-
gorische Du-Dus! ... ihr seid ja so echt. Nicht umsonst

die dummen Wegwerf-Scherereien mit dem Leben (Wildschwein-
Porno! Morgen-Stund! – oder so ähnlich); dabei seid ihr
nichts als rohe Stummel-Geister, Mit-Esser, Interpella-

tion von Senkenberg, Glücks-Pilz von Anred' – und Anred'
von Spalt-Borst ... kaum noch zu fassen! Und schon so hartge-
sotten – nicht auszurotten! Veranschlagt, bitte, euch

nicht zu gering ... seid mir, gelinde gesagt, nicht zu
schade, Uralt-Kakadu von Stumpf und Stiel, Prinz-Gemahl-
Geschwafel, da auf dem Nagel – Häuflein Unglück, wie's

kratzen tut, wie's mucken stört, wie's hören rupft, wie's
rausmuß! Daran soll's nicht hängen, geschweige darin woh-
nen, als wie mein Transplantat allein. Das ist's. Ha, Aus-

reiß-Idee, ha, Geschwätzige von Lebendgewicht, ha, Krümel-
Du-Dus, Anschaum von Poker-Face, Azoren-Tief, mehlig-fei-
ner Kunigunden-Tick ... nichts als Juckreiz-Euphrosin!

Aus Ruck-Zuck kam der Haarwuchs in die Welt. Die Pore dün-
stet, Pflanzenfett ... Ein Frühstück war es nicht. Einfälle
wie Schuppen-Schnee. Du-Dus verlassen das sinkende Kinn.

Schwengel

Von hier aus – dort! (Kuruzzen-Ebene); mit Hilfe weiterer Umgebung – Schwätzer!; denen das wieder ähnlich sieht – Land aus dem Sack!; wenn aber die Berichterstattung frei ist –

wer kriegt die nähere Umgebung?; schon »Berg« ist eine windige Reportage; »Tal« unweigerlich die nächste; hingegen »Sisal-Bimsstein-Zuckerhut« – Ketzertheorien!; denen es ähnlich

sieht – »Atteste«; wir wechseln nun das Öl, den Vorsprung und die Osserie (Mustang-Verschnitt); wenn dieser Baum an Elementen hängt, dann sind es vier – nichts wie nichts wie

hier!; von dort aus aber einfach schärfer; an Sätteln wie an Pässen herrscht sowohl größter Abfall als auch feinster Mangel – »mich verwirrt der non-verbale Vorstoß« – sag bloß!;

diese fortschreitenden Rückzieher; dahinter gleichwohl »Aderlaßverströmung«; unmittelbar darauf – »das Körnige des Materials sei ungewollt, bloß Abstand«; ja der Geiz und Farben-

reichtum dieser Ebene ist sprichwörtlich, fast schneidig – nichts wie fort (»mein« Bergundtal, »mein« Augenthron, »meine« durchrittenen vier Plazebo-Steaks); bitte – und von mir

aus dann auch »der« Kühlerschreck, »die« Pickelhaube, »das« Ungewöhnliche am Einbruch eines Haufens Dämme, Sterne, Hörner, Dingfestmachung – Pustekuchen!; »nichts« wie Hinterland.

schiwwer

wenn ich einmal groß bin
werd ich mich heiraten und
dann wird nichts mehr weh tun

weil ich aber klein bin und
noch ein wenig kniefrei sein will
hab ich mich gleich nicht mehr gern

ich will aber bestimmt mich
gleich heiraten wenn ich groß
gewesen bin und lieb gehabt hab

und mich bestimmt nicht fürchten
auch wenn ich kniefrei bin
und es nur ein wenig weh tut

denn dann bin ich ja bald so groß
und fast ganz ohne knie und
geh auch nur ein wenig heiraten

kieswegs pfade

montag

die englische tür
das rechteck
liebermanns häuser
ein scharfer knick
tschimborasso rein
na?
nix?
tschimborasso raus
ein scharfer knick
liebermanns häuser
das rechteck
die englische tür

dienstag

die englische tür
das rechteck
liebermanns häuser
das brünnlein
zum schlenker
tschimborasso rein
na?
nix?
tschimborasso raus
zum schlenker
die kleine scharade
am tamtam
das rechteck
die englische tür

mittwoch

die englische tür
das rechteck
am tamtam
zu den köpfen am spieß
das brünnlein
liebermanns häuser
ein scharfer knick

tschimborasso rein
na?
nix?
tschimborasso raus
zum schlenker
liebermanns häuser
die schwarzen warzen
durch inneres entzücken
die englische tür

donnerstag die englische tür
durch inneres entzücken
die schwarzen warzen
halbe schlaufe der zerknirschung
zu den köpfen am spieß
die kleine scharade
zum schlenker
tschimborasso rein
na?
da ist doch was –
tschimborasso raus
ein scharfer knick
liebermanns häuser
das rechteck
die englische tür
der brieföffner

freitag die englische tür
das rechteck
liebermanns häuser
ein scharfer knick
tschimborasso rein
na?
nix?
tschimborasso raus
zum schlenker
das brünnlein

ulmenparade
die große scharade
zum schlenker
die kleine scharade
zu den köpfen am spieß
das brünnlein
ein scharfer knick
liebermanns häuser
zum schlenker
am tamtam
liebermanns häuser
die schwarzen warzen
durch inneres entzücken
die englische tür

samstag die englische tür
das rechteck
die englische tür

sonntag die englische tür
das rechteck
halbe schlaufe der zerknirschung
am tamtam
zum schlenker
das rechteck
die englische tür

montag die englische tür
die englische tür

dienstag nix?

mittwoch nix

donnerstag da ist doch was –

freitag gesetzlicher feiertag

samstag — die englische tür
das rechteck
die englische tür

sonntag — zwei schwarze hunde
die englische tür
ein schwarzer hund
der brieföffner

Akazien-Porno

Geisteshaltung, Zeitgeschehen – Paare, Paare; nichts
als Paarung, wenn es hochkommt, ausgeschert aus Schä-
deln, Schädeln … lauter Kämme, sämischledern, zent-

nerweise sie zu schätzen: Enunziation – und fahren las-
sen, jedermann für manche Strecken, und dann wieder:
Häckselblond (zum ersten); angetreten (auch zum zwei-

ten); daß von Seiten der Naturen in den Falten mancher
Falten: Fetzen, Fetzen; wohl beflissen; denn auf die
Bude, die aufrückt (es sind Rundhöcker!, es sind Haa-

re!), drücken Tuben, Tuben … alle Welt; Heckenstut-
zung, sie zu Füßen (und zum dritten) – gebet Leder!,
Scheuer!, Moistur! – fließe, fließe … ja du wirst, wo

sich von Seiten der Seychellen August und Haartracht
verwickeln, a) an ihnen schleifen lassen (alles Gebirgs-
schuh!, alles weise Männer!), b) sie mit Hundertschaf-

ten, nicht gerade leise, auf Zentners Graten ritzen-
wetzen – alles sehr im Vordergrund; und dann: Käuer-
Leisten!, Ritschratsch-Warzen!, Wesen-Wesen! … um die

Ecke – alles Paare; Stöße, zur Beschönigung, uneinge-
schränkt …; denn zum Bahndamm schert in Scharen dich
die Erste Beste Neunte; seid gewesen; Eckdaten-Furore.

Kopfnuß Januskopf

Vollinhaltlich, doch überfrachtet weidlich mann und maus, gleichwohl getrieben wie zerrieben, sackt sie durch über sätzen, welche aber bambusfallen oder fallidentitäten nicht nur filtern sondern sie bestellen – nur nicht so gänsemarschmäßig, denkst du, bevor sie kommen; währenddessen schwelt sie ungehindert gründlich, schnappt und kasimiert redefluß. mein halsausschnitt ist überall verstreut. ihn hat gablung ermöglicht. gablung hat ihn verstreut. überall ist halsausschnitt. mein redefluß kasimiert und schnappt gründlich ungehindert – sie schwelt. währenddessen kommen sie, bevor du denkst, »gänsemarschmäßig« – so nicht nur bestellen sie sondern filtern (nur nicht fallidentitäten oder bambusfallen) – aber welche setzen über : durch sie sackt zerrieben wie getrieben gleichwohl maus und mann – weidlich überfrachtet, doch vollinhaltlich

Wo von außen nach innen kommt was von anfang nach außen geht; dann aus außen später und nach innen früher wird was nach außen riecht und für später steht; wo, was vor später früher außen, aber was nach später innen eher da steht denn geht; wo das, wann dort von innen nach außen kommt, nur steht wo später aus später geht, so es das tut; was tut, daß es so geht, später aus später wo steht; nur kommt außen nach innen von dort wann das wo geht, denn steht da eher innen später nach; was aber außen früher später vor was wo steht, später für und; riecht außen nach was wird, früher innen nach und; später außen aus dann; geht außen nach anfang von was, kommt innen nach außen von wo

Und nimmt sinn, und gibt sinn, und nimmt und gibt sinn; denn sinn gibt auch was sinn nimmt und sinn gibt was auch sinn nimmt; sinn und und sind wie nimmt und gibt und wie als und wie; und macht wau und wau; mal als wie mal als als mal als gibt mal als nimmt; und nimmt als mal gibt als mal als als mal wie als mal wau; und wau macht und wie und als wie; und gibt und nimmt wie sind und und sinn; nimmt sinn auch was gibt sinn und nimmt sinn was auch gibt sinn; denn sinn gibt und nimmt und sinn gibt und sinn nimmt und

Steht was da so kaum
sich dort abspielt wie
gegenüber dem
was davon am platz
wäre wenn nach dem
stünde was wie einst
gegenüber dem
wie vor diesem da
bereits drinsteckt so
wie vor diesem da
gegenüber dem
stünde was wie einst
wäre wenn nach dem
was davon am platz
gegenüber dem
sich dort abspielt – wie
steht was da so kaum

ist die suppe weiß
läuft der löffel krumm

der sich nicht gehört
wo ein knödel schlürft

wie gefällt dir das
wenn belinda stöhnt

geh nach oben schon
bis der schädel kommt

denn der topf zerspringt
weil er ihn ihr nimmt

daß der bulbus hält
weil er ihn ihr nimmt

denn der topf zerspringt
bis der schädel kommt

geh nach oben schon
wenn belinda stöhnt

wie gefällt dir das
wo ein knödel schlürft

der sich nicht gehört
läuft der löffel krumm

ist die suppe weiß

Feiggehege

voodoo ludens

konus rambo
nobis kubus
nominale
mores klima

male sinus
male kanus

fokus orkus
bona fides
ubi fikus
ibi carmen

kitschi pulpa
salomonis

turnus morbus
nolens volens
luna bulbus
ante portas

witschwitsch
salsa

oi

ora thora
bora nora

oi

homo parvus
malepartus

kuskus poco
tohki-wohki
papa rebus
nablus tobis

hickhack saulus
hickhack burnus

ufa ufo
buffo femur

ponis ponis

fifa rocco
bea culpa
nubis volvo
croco pubis

michigan jojo
bis rhodos

flavus tratus
kumyß raptus
orbis pictus
rubens tangens

witschwitsch

male rhombus
male bambus

oi

davos bimbam
omis taklen
vale nono
ecco movens

a) bis coblenz
b) wie avus

jute jute
laminate
somnambule
unikate

kitschi pulpa
thomas morus

tomis bonus
imbiß lupus
oi kaliber
duktus vobis
python liptus

oi

tacho eschnapur

mach ernst mach mach
mach überschall vitel-
to tubs mach ungenau
gemach mach straub mach
futsch provisorat mach
ususlasch mich wachtel-
fett und damenmatt mach
sachen ach am fachwerk-
dach und das mit wucht

daß tacheles empedokles
rachmaninov concordia im
tagebau vom stapel clinch
mach fluntsch mach krall
mach rachengold mach ro-
chenkrach mach doch im
schacht den schlauch von
achternach bis chur zu
gleich dem nachbar auch

saug mich in dein know-how
strichnin krauch mir zum
trachtenball falun rauch
schluchtensud am techtel-
mech stauch mit den ruch
im spachtelholm klau mir
den lauschkordon am apfel-
strauch und tatsch den
ramses noch von cheops

mach mandelbrot mach stau
mach mir das mumientuch am
überhang zum fuchtelbruch
im achsendrall synapsen-
flau mach huch das tor zum

wal ganz loch mach einmal
noch die grachten schmal
ach tafelblatt streng am ag-
nello mir den tubus flach

feiggehege

staubfeig schuldfeig einwandfeig
jugendfeig feindfeig kniefeig hitzefeig
straf zech rauch bruch knitter schreib
block bündnis sichtvermerk bedenk
wahl zoll schul flecken keim
schwindelfeig vogelfeig stempelfeig
sünden waffen sorgenfeig
rücken sowie schlackenfeig

feigheit die ich meine

gedankenfeigheit gleich und brüder
liebe statue drang brut zeit
kämpfer zügig spruch wild schwimmer
stil tod lauf schütz mut land paß
treppen maurer mitarbeiter
feigheitsstrafe feigheitsgrund

am feigtag hing kein blatt am zipfel

immer die feigheit des anderen
nimmt sich da vor dem mund heraus
auf feigem fuße feige hand zu lassen
und unter feigem himmel feigem volke
feigen lauf und fall – bleifeigen baums
ein solcher eintritt wille durchgang so erfunden
und schwebend von der leber feig am zügel
den oberkörper feig nach schiller art und presse
aus feigen stücken frank und feig verfügt

beuter nimmt einsicht ins necessaire

das bin so feig beziehungsweiß assoziiert
bier denker exemplar korps land
als lichtaufführung fräulein hafen
die handlungsfeigheit freilich ist rost
bier marken krisen spesen kost post feuer
in feiger übersetzung demnach fieberfeig
anspruchsfeig fehlerfeig (miet gift ast fett
holz schmerz immun) nach herzenslust oh oh
vorurteilsfeig ein paradiesling hinters ohr

troff eiger nord schlief eigelb ephraim

bahn feig – berufliche flegeln ohnedies nebel
die live-eignung ist fistelfeig und schaum
gebühren lieferzeiten eisen nikotin
nur die leidenschaftsfeigen sind splitter
schulter abzugs militär akzent und leim
befeigt zur restbefeigung seitens reibbrei
stoß eis zins risiko bis leider efkaka –
feigheitsliebende sind zweifelsfeig

geigen voller unfeig schimmeln reiher

Requiem für Querulanten

Im akkuraten Alphabet
der Anfang immer vorne steht

Doch beiderseits im Bodensatz
hat das Binom von Brockhaus Platz

Ceterum censeo: daß Uterus Computerus
mit Collophonium behandelt werden muß

Distelputzend im Dilemma
sitzt das Dioskuren-Duo MA

Eckdaten sind im Einzelfall
dem Endverbraucher eh egal

Vom falschen Flopp das Findelkind
erträumt sich, was der Volksmund spinnt

Der Guglhupf jedoch galvanisiert
wenn man die Gabel gordisch führt

Hospitalimus findet hochkarätig statt
wo das Häkchen keinen Haken hat

Die Initiale steckt im Isthmus fest –
der Irrtum ignoriert den Rest

Je Janus der Jambus
je Jumbo der Bambus

Um Kunst und Kragen Komma Knie
knäult sich Kaldaunenentropie

Lähmt Lambdas Lymphe, rinnt das Lab
im Labyrinth noch einmal glimpflich ab

Mitten auf Mallorca melkt ein Molekül
in der Minderheit sein Mütchen kühl

Ach Newton, laß den nominalen Nimbus sausen
sonst mausen die Bananen die Banausen

Geht ein Ontario durchs Orifizium?
Oh nur bei Omsk (Herr Oblomov bleibt stumm)

Perforierte Paestum die Pleureuse
war im Plenum die Partei ihr böse

Im Rückwind pfeift die Quint den Quanten
der Theorie ein Requiem für Querulanten

Denn im Reim verhält das Ritual
realiter zum Raum sich irreal

Am Paddel saß der Stellenwert –
kein Sattelpaß die Wellen stört

Schneuzt sich Eszeha phrenetisch –
Tristram Shandy schnurrt phonetisch

Triangulär getürkte Thesenschlucker
tilgen das Tohuwabohu im Zucker

Der Ulster in der Alster schwamm
als der Ulan nach Bator kam

Auf der Uni- und Versalienschiene
voziferieren unverdaute Vitamine

Wandert die Urne zum Walzwerk:
Walz mir bitte einen Wahlzwerg!

Naßkalt die Xenie auf ihrer Achse sitzt
wenn Marx mit Aeskulap nach Xanten flitzt

Drüben Yale und hier Lyon
üben rülpsend Ypsilon

Dann aber zoomt es aus Zisternen
von sechsundzwanzig Zitruskernen

adom & ewer

verwischen verhuscht verwaschen
pullover manöver ahasver –
topp derwisch opfertopfverstopfer

scheinwerfer zeitraffer steilufer
zwischenfärberhopper foppt verbal verbenen
vorformen verformen schärfer schweifungsfährten
vorweg versteifter endverferticktacker
phosphorbosporusverwerter:

hafer schäfer käfer schiefer
ungeziefer volltreffer stoßdämpfer

verschworen verworren beschwert

kartoffelkoffer puffer jungfer
fermente jungvermählter funker
zwecks luziferkelpulver »iug«
– außenklüwerfirmament

mißverstandvermögen schwerverkrafterlkönig
belfer stampfer kneifer schlurfer
schnurverdrusser zuverdickter

die catcherfeerie
das ferienopfer
ingwer & genever

verwunschen verschwiemelt versandhaus
hannover kunststopfer stauferflüchter
ferner das versepos
fersengeld und ferdinand
(genfer vernissage)

»störfaktor witwer« – aleph-ersatz

kadaver palaver revolver
schwärenmusikalischer gulliver
kupferschlüpfer eisenseifer ausläufer
schnaufer
»wer das ephemere pferd efferveszent verzehrt
fährt tapfer tupfer töpfer irreverenter power«

oberkiefer unterkiefer krüppelkiefer
zwischenrufer unpaarhufer
äffer
gaffer
zupfer

greiferdacht
suchversuch
eiferlust –
lebertransphäroidaler
metameteor elfmeter

schlürfer schiefer fußabstreifer
prü säu gei stau käufer
zi kei rau ka schnupfer
beischläferverdampfer

sauerampfer orgelpfeifer widderteufer
keimzellkämpfer bürstenklopfer zwölferschröpfer

piffa linka lorifer

helfer schelfer zapfer
hupfer rupfer küfer
asenrümpfer
interdependenzverschleifer

fellentlarver
enterstöwer
knöpfer stiefer kröpferschröpfer

mehlverdreher fünfer schaffer
winter sphinkter ferencziffer
pfister whorfer kefirhüpfer
kleeverkläffer
ferfer
differ
enzian

patt & schon

paarweis diese
budweis jene
parenthese
erbsenklammer

ise ise
frühgemüse

plusterweiche
apokryphe
pars pro toto
besenkammer

audimax
und ninives
thesenhämmer
jammern sehr

jaguare
schnappen raps

ise ise
katakombe
palmolive
düsenharte
genitale
hasenscharte
crusoe

kefir kefir
klasse klasse
gyges dingsda
flatterschnute
tungsram jene
hirse ensor

ise ise
taschenkrise

disparater
rappenschnapper
kapitaler
epitaphe

die paar zellen
murmureller
dardanellen
strophen luchs

hudson datsun
kataklysmen
pulpen lappen
paestum paestum

callasmüde
parallaxen
schnulzen rüde
petersburger
schlittenfahrten

paßpasteten
klinken fidi-
busse
brass

ise ise
paraschute
pusteknute
analyse

dehne jene
motte diese
metamorphe

koniphere
lattenschere
sphinktersphinx

bitte oder
disponible
die melasse
wie die ihre
in die trasse
parzivaler
gymnospermen

phrygisch fiese
kuskuspatsche

die bis dato
diasporen
parmenider
pharaonen
dosenweis und
buschgespalten
bibbernd hielte

halten diese
ise ise
adam rübe
hühnerplatte
duplex knusper

pasternaker
zoroaster
in den füßen
plus desaster
timur lenker
artischocken

pudor tumber
bisamratten

papaver & kanevas
parthenogenever
flutter

ach
ise ise!

lehne diese
führe jene
mühselige
glottisritze
in die brise
ihrer fliesen-
matten ticktack-
voute

auf die route
katachroner
paradeiser
paradiese

jeweils

quitte
quitte
quitte

moich in zubrum

höchstpauschale
deckungsgleiche
zeichenbrechung
mindestumtausch

fünfzehnstellig
austauschumsatz
schaumaufwendig
raumteilbietend

zwischendeckung
mehrheitshalber
trennungszipfel

randungsbiester
teilaufträglich
mindestzuschlag

Vokalisen & Gimpelstifte

Schneemenschemen melden schemen-
schnee – karakum und ninive mel-
dens weiter: sine ira nulla bar-
bes! benevol an telemann verliert
die statik während sindbads kokos-
lotsen ihre kremen über bremens
mnemotopik schicken – ach und ye-
men tickt paletten lethe ins ge-
kröse alter interdependenzen die
noch einmal schlemmen eh die line-
aren kalmen ihre balnearen palmen
jäten täten sine crimen oder ihre
radarmanen mit den riesenlilien-
fatschen seltener medien bedüsen

des augenlichtes kniff und ort
an dems passiert und sich nicht
zeigt – es tritt zurück ins aug
nicht hell sondern gesichtslos
schmatzend vom augenlicht welches
nur augen hat für lichte kniffe
der ortsverstrebung seines dun-
keln rückbilds wo im augenblick
ich knifflig schmatze – daß es
um keinen preis bloß tauge oder
nur umknickt wo es eigentlich
nicht vorkommt sondern klappend
zuträgt hinter sieben giebeln

gerungen ab als nabelstrang
der gärungen im schnabelzwang
was cox präambel vokation das
letzte wäre (beugeglied) für
innehielt was knax darin ihm
hängen tät zurück ins knie und/
oder aber sich im schritt zum
aufgelaufnen bulb (der einen
hänfling tütete) verstand ob-
schon der drall in dem skandal
des anfangs eher später war –
präkognitionsvokabelstraps

Sprach der truchseß zum ramses: sanfte!
(sollst umgehn mit dem senf du – das
adverb verlangts) – full bock auf sam-
lands widerspruch am rupfen! tau pan
gelingt was mieselsucht am ranft ver-
masselt – zum euphrat mit den kessen
pauken! darüber wird gemauschelt (frucht-
saft) und die braut von ihren jungge-
sellen nackt entblößt (sogar) – die ras-
sel (sagt er) zelebriert des feldes
marzipane; selbst batterien laufen auf
die trambuline raus – nimm bitte noch
etwas vom käs und achte auf die sänfte

human am text wächst hambar unu –
unnachahmbar wächst dem buhmann
das schamhaar; u-matik klext; hun-
dertmal weckst du am mahnmal von
schumann schamanen und nubische
punzen – lex umbra erstreckt sich
zur duma – hu man war ja nah am
amu-darja; deckst du manchmal dann
um sechs dich auf? wann kann man
den ku-damm zur u-bahn tragen? du
nahmst ab und zu erschreckend zu-
mutbar flexibel zu; human am text
war zunächst nur umnachtung; dann
kam kap anamur – hambar unu wächst

daß streng genommen was daran
dem strang darin entgegenhing
und doch erregender in dem was
war zu fehlen schien als je kein
horn im zorn denselben aufzumö-
beln wie entwachsen zwang wann
wadenlang knie tunken ging im
punkt in dem entsprungen das was
ihm dann wär als rankenstraps
gerungen ab von oder wem zumin-
dest was bis dato schwamm indem
da etwas auszuschwemmen anfing

im rechteck ums elastikzelt heult eu-
rydike konterfei mit einem skarabäus-
bein zum kefirlab in leningrad das in
seehunden (koma nix) dem zentrum aus
der stele ragt und einen tapir im con-
tainer faxt zum conus blödel auf dem
löwenberg (der einen gödelbonus dreht)
– und dies am rheumadeck des univer-
sums zwischen lech und inn wo rocco im
kontrollorgan mir den beleg (countdown)
aufs konto japst – omnia mea tecumseh

daß es was es bedeute sei
sei das bedeutsame an dem
was samt und sonders aber
samstags nie das war was
es gewesen wäre ohne daß
was immer es bedeute sams-
tags niemals aber dafür
meistens ramses eisei sei

die makrele ist die stele der
makrone – ohne eine müde bohne
faßt sie kaum ein sol ei zur
violen sonne – oder nimm vor
stonehedge jene hängebühne –
ätsch: eckernfjörde paust me-
lone nicht die krume – karama-
sov ist dem mark der marakuja
ebenso verhaßt wie hörig je-
ner egon ohne nogi dem onegin
– ach selene ist im grund ma-
kaber ohne tenor – aber weiß
das noch die deutsche seele?

Sprach ramses zu godzilla: pull-
mann! hast motivation jahraus jahr-
ein – und haderst immer noch mit
phrank? zur villa zotteln (selbst
darüber läßt sich streiten) sam-
son und charybdis: nun ja, des men-
schen kilo ist sein zwischendurch
(kakao) – doch wenn ihm attila da-
zu die brezel reicht (was solls)
dann grüß mir (auch im kinnbereich
keuch keuch) den kruzitürken noch
einmal und vielleicht (sozusagen
bitte) noch en bloc den klotz am
salm (gesäß) des benz van kühler

daß das nicht so nur anders war als das was anders nicht nur so als anderes nicht anders war (wo anderswo nichts anderes war als was nicht anders anders sondern anderswo nicht anderswo nur war) war etwas anderes als das und dies – doch ganz so anders war es nicht was daran anders war: es war nur so daß nicht was anderes irgendwo bloß anders war als anderswie; und alles andere war soso

poseidoninstrumente: die kinder trocknen aus –
vor ceylon, siehst du, werden sie klinker; dort verdaut
noch weißdorn bismutkälber wie rinder oder, auf
schrot, heillos ins brennende vlies – wintersport, genau!
wo kein don ist, stuft es pestiziden flocken haus-
brot ein – politur, wem shandy iserlohn entstaubt;
so leicht kommt wind zu hemden (kiwis, melonen, tauf-
hoheit chronisch) – du mendelst hier schilf, seeroß lenau,
doch, teil schon, schirrst du den regiezisten socken aufs
loch, nein kolchis zur menthe – wie sind geschnorrter lauch-
stock mein zombi und lendentrieb in der kokel-au!
dort geigt politruck nun, wem er im liebesrock vertraut –
hochzeit! – schon ist unterwegs wikingerknoten, faul
pocht nylonzwirn, turtelten die linzer glockenfraun
vor eilpost (sinusphrenesie) wie den lockern laub-
bock weich – schon ist's zu ende im sinterknochenbau

nach einer wilden schätzung

nacht – keiner will den rest: tu-
bas kleingebilde fräst lu-
nas teilerschild, vernetzt nun
gar stein, erblindet jetzt und
stakt beinern zielbesetzt zum
start – reiner grill! der zählt un-
scharf seine kinder – heku-
ba schreitet in der zäsur
schwach ein (messing ersetzt schwund)
– nach einer brillentextur
kasteit wer sich erträgt, und
haarscheitel gibt den rest zu

warum sollte es nicht nichts geben?
– fragst du folgendes mich; ich klebe
dran – und wollte lässig widerlegen,
was du doch weder bist in feder-
natur noch es ewig niederstehn
hast, um toten essig (in der be-
haarung, rosette links) wie nebel
anzurollen – wenn nichts nicht reden
kann (kunststoff, häresienpiste dem-
nach, kurorte »des lichts« mit neben-
paarung) ohne gräßlich die stete
zahl um solches? es nimmt mich eben
dazu, koste es die gimpel, hell-
wach umpolt, meldet hin wie her, ver-
gast, strullt – kollert es mich? fistelge-
ballt (kurzwort) läßt es sich nicht merken,
fast zu stolz, fesselt sichtlich jeden
nachtzug oder denkt rittlings denen
das zu, wo es vergißt – wird es dem
faß nun doch den genitiv geben?

ein tiefes feucht ein hohes klar:
gleich wie erzeugt beim korrelat
leicht flieder, kreuzweis, so: es paart
eilbrief, epheu, maillot, wetzlar,
mai, mief, theseus, scheintod, festmahl,
schreit: fides, keuch – dein zores naht!
– leicht stiebt es spreu, streicht boreal,
heidi verscheucht heimo, wenn gar
kein liebes fräulein maud es war:
ein knierest reu sein soll! – weshalb
drei hiebe neuß bei torres brahm
heißliefen, heu, greis florestan!
bein schiebt boys rein: ob er da
einschlief? es schäumt, reißpose knarrt
scheinglied, es zeucht ein ohm meßbar
tailliertes: leucht ein, omega!

ursprünglicher ekel bedeute, daß man einen
großen bedarf habe, insekten zu verspeisen –
nun, rüdiger, weder dem beutelfraß ameisen
noch den mega-asseln stinken bewußte schneiden …
nur früh linksgeräkelte häuten das faß eier
von jenen ab – aber in säcken ruft es leise
und prüft dicken käfergebäuden (paradeisver-
lorenen) das labgerinnsel senf zu vergreisen:
untrüglich, wer lebendem heuschreck papageien-
soßen verpaßt – nach gesinterten nudelstreifen
pur brüt ich den kegel der läuse: faß an, reiße
los den fettschwanzpanzer, die deckel guter beine,
und führ libellenstäbe feucht dem sandmann ein; be-
toaste demnach maden (innengeburt): den feisten
gurrt müsli, wenn hegel den leuten sagt, daß meist er
großen bedarf habe, insekten zu verspeisen

greise stunden die entsorgungspfosten
meist versunken schien es doch und rollten
schneisen zu ventilen; wo umsonst den
kreiseln brummt der diesel kot um pfoten
reicht es pulpen sich den ort nun kosten-
gleitend zu dem bienenkorb zu borsten-
weichen schultern wiederholt zu kolben:
eingebunden schieben vor nun oder
reichen nur vermieden ohr und hosen
ein den runden stiefel wo tutoren
meist versunken schien es noch um konter-
greise stunden wie entsorgungspfosten

persönlichkeit mit stallgeruch,
der völkisch gleich im all verpufft,
benötigt freilich (als versuch
der bröslígkeit) bizarre chuz-
pe, ölblick, streit – die schnalle fuch-
telt föhn, gicht spreizt vitalen stuck:
verpönt ist, seit im gral der pun-
zer löß wie eibischgalle spurt,
der löwitsch – hei, pigalle flucht
betört: strichweis mistralt es nur;
der stör wird feist mit aller wucht,
erlkönigs schweif riecht qualmend un-
versöhnt tchikai – die falle ruft;
wer böhmisch dreißigmal »vesuv«
empört vielleicht mit kalter schul-
ter stöhnt, ist geil wie katte – huch,
es frönt im heil die schar dem muf-
felröhricht meist – piratenmut-
ter klönt, ich weiß, sich als genug
verstört im reisigspalt der kuh-
le: döblin, ajgi, walser … sturz-
gewöhnlich heizt spinat dem lurch
gehörig ein mit kalber brunft

juckt spansarg ochsenfarths drommel:
you can't rammbock the fax problem
più! schwarzach klopft preßsack so de-
miurg kardan (zoff verbarg kofel
yukatan propter graz: golem
triumphant) – schwant's otterm quarz boxen!
just am schwarmloch zerbrach bommel
junghans das joch: verdammt, frog, den
liutan grammt's pockenpack schmorle …
jura schlang phlox, extra schwomm pel-
sius zampano den lackbolzen
news an – mal pfropfte bast border-
liuba, mal bohrer schlagstock dem
juntabarsch – borges zarg, schocker
pius am tango-jet! pax offset
your tamtam, kropf den traktoren-
julklapp – barock, methanol them!

stolperdraht : zielpuppe : epiphanie –
hosennaht : fliehmuskelfett : schimanski-
rolle paniert : sturzhelmregie : karzi-
nom clematis : gruppenspecht : infrastich-
wort »thema« (minusschleppe) : zickzack si-
dolfleck : nachsicht & energie : kaly-
pso, krepp, manitu : ehepflicht »zahnspi-
on« : theklas mischungsphrenesie arg im
kommen : asylfutter »eppich« (spalier-
obst) – terrassierlungen : zephir »kaki« :
folterschwamm : kriechspurhäresie : karni-
vore garnitur »pepe« : flicksaal : zieh-
tochter »krapp-nil-ruckpegel-fifa« : stil-
roller »pax« : ich du er es sie (scharnier) :
zollverband : kielsuppe : mehlig-rahmig :
pol, schreck, darm : vier uhr sechzehn : titanic

schneuzt euch heut feucht! scheucht pneu euch
neu – sträubt freud euch leu; zeug
keucht euch, zeug bleut euch, zeug träumt
euch ... streut euch heu, kreuzt euch scheu,
knäult euch spreu – deucht treu euch käuz
(toi toi toi), käut mäus euch kreuth –
stoi! räumt euch! fleucht! (freut euch, leut ...)

fünf stück müll, fünf stück tüll – hü!

bülbül pflückt für bülbüls münd
fünf büx kür, für bülbüls füß
fünf kür büx – trüb drückt türl; schnürl
schlüpft glück; bürzl zückt prüd; für fünf
kür süd türmt bülbül fünf brüh
würf – kühl türkt fürth fünf stühl mürb

für dierk rodewald

zwölf boxkämpfer jagen viktor quer
über den großen sylter deich. voilà,
höchst modern, der athlet mit vorder-
rübe: verdrossen fühlt er ein floß am mast.
ökodämpfer haben ihm solch lek-
türe verboten – knüller greift, hoppla, dran
wölbt noch strecker das gebiß! – o.k.,
drücker zeno, der kyreleison hat angst.
löckt vorwärts der alte bison? ver-
übelt er noch? enzyme streift noah ab.
stör blockt schädelsam, es klickt dort schwer,
tüll wedelt bloß, wenn tynset kein loch langsam
ölt – phlox lämmert was dem chicorée-
stück entgeht. oh, der mythenseim pflockt balsam-
kölsch; doch längst vernascht gehn sie, polder
über dem großen sylter deich, voilà.

Eine kleine Kunstmaschine

Ein höchst merkwürdiges Stück

»daß es eine Sprache geben mögte worin man eine Falschheit gar nicht sagen könnte, oder wenigstens jeder Schnitzer gegen die Wahrheit auch ein Grammaticalischer wäre«
Georg Christoph Lichtenberg

Eine kleine Kunstmaschine mit unbeschreiblicher Walze
gearbeitet, hat drei, soll wohl heißen »Stellungen«,
die zu erklären drei verschiedene Systeme in Bewegung
setzt, im Fall der Not nicht größer als eine Ursache;
einen mehr als halbdurchsichtig gearbeiteten Blasebalg
wie Raum für zwei bis drei andere Windmühlen-Flügel.

Gelegentlich wird auf dem linken Windmühlen-Flügel
ein Leib und eine Seele statuiert, wobei die Walze
auch herausgenommen werden könnte; nur müssen Blasebalg
und die vorherbestimmte Harmonie gewisser Stellungen
in einiger Entfernung zur sogenannten doppelten Ursache
gedreht und damit etwas schadhaft stäte der Bewegung

ihrer Beinchen mitgeteilt werden – keine Bewegung
über 4 bis 5 Zoll würde damit die Windmühlen-Flügel
zerreißen, desgleichen könnten Einfluß und Ursache
einer stäte fortblasenden Ameise die kostbare Walze
erklären aus anderen 2 bis 3 physischen Stellungen
der Kurbel zum dazugehörigen kostbaren Blasebalg.

In einiger Entfernung, nicht größer als der Blasebalg,
wäre, aus feinstem Horn, gelegentlich jene Bewegung
zu erklären; wie im Fall der kleinen Not die Stellungen
der sogen. »Schraube ohne Ende« zum Windmühlen-Flügel
(d.h. befestigt am Einfluß der Systeme auf die Walze)
herausgenommen werden könnten aus der langen Ursache

des mitgeteilten Werkes (soll wohl heißen der Ursache in einiger Entfernung) – nur müssen auch dem Blasebalg ein Leib und eine Seele herausgenommen und der Walze dazu unter gelegentlich halbdurchsichtiger Bewegung aus etwas schadhaftem Elfenbein ein Windmühlen-Flügel statuiert werden, für sogen. »doppelte Stellungen«.

Demnach würde an 2 bis 3 vorherbestimmten Stellungen eine Goldschläger-Haut zerreißen; mit keiner Ursache gedreht, nicht größer als ein großer Windmühlen-Flügel setzten drei verschiedene Ameisen den kleinen Blasebalg ins Horn und die Entfernung schadhaft stäte in Bewegung zum Zoll aus der bekannten Harmonie der langen Walze.

Gelegentlich wird auf dem linken Windmühlen-Flügel eine Schraube und ein Horn statuiert, die sogen. Walze geblasen; nur hat die Kurbel dann keinen Blasebalg.

sestine mit haaren

das mit den haaren würde ich an deiner stelle
nicht unbedingt. man weiß nie. schreib einfach
nacheinander am besten lückenlos zum teufel.
wenn du mich fragst es kommen weiß gott mehr
hinzu. nimm sie der reihe nach – zum beispiel
laß bitte gar nicht erst die einzelheiten aus.

den bär den wolf den hohlzahn solltest du aus-
drücklich dort erwähnen wo es an anderer stelle
um auch die anderen dinge geht. ich zum beispiel
würde dir nicht raten so etwas mal nur einfach
unerwähnt zu lassen. man weiß nie ob keiner mehr
der reihe nach sie dann am ende gar beim teufel

erwähnen würde. laß meinetwegen auch den teufel
fallen und geh wenn du mich fragst davon aus
daß mit den jahren das was später einmal mehr
an einzelheit hinzukommt einmal an der stelle
weiß gott nicht fehlte. schreib das da einfach
hinzu für alle fälle und leg kopien bei. spiel

bloß nicht mit dem feuer würde ich zum beispiel
sagen – notier am besten ruhig auch den teufel
an den rand. man kann nie wissen wer da einfach
nicht unbedingt am rand von lücken sich noch aus-
kennt oder zu den haaren kommt an einer stelle
wo ich würde sagen etwa manchmal der eine mehr

der andere weniger vermutlich auch immer mehr
vergißt als noch das letzte jahr zum beispiel
oder sich gewissermaßen plötzlich auf der stelle
dort in einem haar begegnen würde so auf teufel
komm bzw. bleibend im ermessen demnach raus-
gefiltert sozusagen du verstehst – so einfach

ist das nicht mit diesen jahren. es ist einfach
so daß lebensläufe bloß man weiß ja nie mehr-
fach gefertigt irgendwo dann aber letztlich aus
dem handgelenk erscheinen – nimm zum beispiel
den bär den wolf und den hohlzahn alle diese teufel
im detail wenn du mich fragst. und darum stelle

ich bloß anheim was du erwähnst an jener stelle
und ins belieben nebenbei bemerkt dir einfach
der reihe nach die frage bitte nach dem teufel.

sestine mit aubergine

das mus darf schrumpf
der hauch braucht öl
und holz zum lauch
auch kann was platzt
von schlaff bis salz
glas uhr perl mutt

gleich rauch muß mutt
mit schmack und schrumpf
sich matt auf salz
frucht gleich zum öl
tun wenn am lauch
durch holz frucht platzt

auch was dann platzt
hat schleif sack matt
bis stumpf und lauch
sich mit dem schrumpf
im öl zum öl
tun voll durch salz

franst schorf soll salz
auch drauf wenn platzt
was kratzt das öl
im rauch napf mutt
bis grün zum schrumpf
sein satt bis lauch

doch falls kein lauch
braucht es doch salz
und hack bis schrumpf
im glanz es platzt
und naht aus mutt
wie nuß aus öl

wie haut schneiz öl
frucht gleich durch lauch
pickt schlauch aus mutt
hud hud schick salz
nur falls krott platzt
mit stiel und schrumpf

muß holz darf öl
kann trotz dem schrumpf
das mus vom strauch

sestine mit rohgrauwut (zeugma)

plex teich kür bite fries gleim
peil zeps gier steiß brei müpf
zwürch feix steil greps bei ziem
brief grün pein leim kleks gleich
seit hier track büx reicht spikes
weil reiz weiß lear für schmelk

guide schneid fleit schier prüd schnepf
chleb keilt würg beiz schwiel seil
reibt stief des pfütz breit eicht
leiht krebs stiert leib frei süd
dies spürt sein teil pferch schlei
züßt gei streich phleps weit bries

güll beißt klein perm bein sieb
fleischt reißt nein zielf brüh schlepp
kies rührt kein reif schreckt kleist
präp heilt sprüh neigt lies schneist
feilt brest spieß greif schleich würmt
weicht nie läßt kühl meist breit

neid lieb zerrt schürf gleis bleibt
müh steigt dein brenz pfeil gries
speis tramp zieh ein streif pfühl
heiß reicht keim stiel blüh scherrn
germ zeit mütz preis nil schwein
psi büll teils teils grell steil

die früh reicht greil hemp drive
kwai schnief tell zürn geist maisch
sperl thai schnür gneis phi schleim
dünn grein schweif krems zeih vlies
gleich schleift veit priel brühm erl
geil sperz liegt weih reibs mühl

teig wächst viel schweiz beim würf
wies trümpf drein speit strecks schweiß
dreist steift feist schielt münd wetzt
schreit schmier pennt spült geizt zeigt
führt live meint spelz streikt clean
schleckt kreis schwült greis schiebt eins

sechs treibt fünf steigt vier schweigt
zwei fällt kiel zweigt schrein schlüpft
sülzt mais beilt keks weicht knies

sestine mit leichen im dorf

was willst du damit sagen – das rad an meines fa-
ters? nun das kann zweierlei sein: rauschte und
brauste. denkst du auch so? aber gewiß. schon
der zeilenfall hat wieder diese mühle in gang
gebracht – herz was willst du mehr. so so wir
haben extrawünsche? aber verselbständigen bloß

den knoten im hals den allzu verständigen? bloß
einen ranzen – spätestens seit ein gemeines fa-
sten die reißverschlüsse oder einfach soso. wir
sollten genauer sein – sag doch was rauschte und
überhaupt auch was das hexeneinmaleins in gang
hielt außer dem fiktiven wasser? gewiß – schon

als kind war ich mir dessen nicht gewiß. schon
wegen des schachts. immer nur verständigen! bloß
unter welcher obhut. sag brausten da drin gang-
lien? nein. die gangster & gespenster meines pha-
sendrehers waren die hasen – dort rauschte und
bizikelte es handstandmäßig manchmal so. so wir

oberwasser hatten & das war der fall. soso – wir
fragen jetzt etwas anderes. du hast gewiß schon
dir den taugenichts gefallen lassen – rauschte und
bröselte dabei was anderes? unter ständigen bloß-
stellungen bloß – seither hielt der mumm eines fa-
denscheins gewissermaßen auch die mumie in gang.

steht also die turbine für dich dort am eingang
zu dem posthorn am ausgang? nein wieso – so wirk-
lich süd im kropf kann doch kein allgemeines fa
si la si do zum unterschwindeln sein. gewiß schon
laichen sie am krempelbach. vervollständigen bloß
zitzerlweise was eh im oberstübchen rauschte und

will nichts anderes damit sagen als rauschte und hätte damit wenn du willst nichts mehr in gang gebracht als ständig diesen ach inständigen bloß vertrackten bodensatz an entenschmatz. soso wir machen uns davon. gewiß. davon und gewiß schon etwas länger ist die rede im brodem eines fah-

rigen grützenfängers. soso am klotz an meines fazits. nicht unbedingt. nur weil es rauschte und dabei auch brauste. denkst du. aber gewiß schon.

fliegen eintag polyglott

voilà une sixtine française-anglaise:
this is an english-german sestina:
oh eine deutsch-rumänische sestine:
iată şi sextina romîno-rusească:
äto – russko-italjanskaja sestina:
eccola una sestina italian-italiana:

come stai, italian-francese sestina?
comment ça va, sixtine française-russe?
russko-anglijskaja sestina, kak poshiwajesch?
how are you, english-rumanian sestina?
tu ce mai faci, sextină romîno-germană?
deutsch-deutsche sestine, alles in ordnung?

danke bestens, deutsch-italienische sestine!
grazie, benissimo, italian-rumanesca sestina!
foarte bine, sextină romîno-franţuzească!
merci, excellent, sixtine française-anglaise!
thank you, splendidly, english-russian sestina!
spassiba, prekrasno, russko-russkaja sestina!

no russko-nemezkaja sestina prekrasnej!
aber die deutsch-englische sestine ist schöner!
but the english-italian sestina is more beautiful!
però la sestina italiana-francese è piu bella che tu!
mais la sixtine française-roumaine est plus belle!
dar sextina romîno-romînă e şi mai frumoasă!

unde e cea mai frumoasă sextină romîno-rusească?
a gde she samaja prekrasnaja russko-franzuskaja sestina?
mais où se trouve la plus belle sixtine française-allemande?
wo aber ist die schönste deutsch-italienische sestine?
ma dove si trova la piu bella sestina italiana-inglese?
but where is the most beautiful english-english sestina?

long live the english-rumanian sestina!
trăiască sextina romîno-italiană!
evviva la sestina italian-russa!
da sdrastwujet russko-nemezkaja sestina!
es lebe die deutsch-französische sestine!
vive la sixtine française-française!

la sixtine française-anglaise est morte
long live the english-italian sestina
ma la piu bellissima è la sestina sestina-sestina

Gimpelschneise in die
Winterreise-Texte von Wilhelm Müller

abschrankung ißt wegweiser

neunzehnhundert / siebenundzwanzig
hermannstadt in siebenbürgen
muß i denn / muß i dünn
kantilene / hindurch

schulding / nicht schulding
o geboren / o wünschelrut
und listen / namen und
mitgefangen / hain

minderheiten / straßen
kaputt / nicht kaputt
masse / gewicht
krieg / ruh

unzug / unzug
gepäck / schnitt
ballhausgassenspießen
zurück / nicht zurück

sie ißt den leiermann

wenn es sie nicht gäbe
wo es sie nicht gibt
weil sie es nicht gäbe
wenn es sie nicht gibt

nicht auf diese weise
weil es die nicht gibt
die es so nicht gäbe
und nicht anders gibt

weil wenn es sie gäbe
da es sie nicht gibt
es sie nur so gäbe
die es nicht so gibt

nicht auf diese weise
nicht in diesem sinn
wo es vieles gäbe
und es viel nicht gibt

weil sie dies nicht gäbe
weil es dies nicht gibt
weil es diese weise
nie auf diese gibt

Das Hören des Genitivs

sisal

alles sagt sie sibyllinisch nichts
bestimmtes will sie sondern nur die
personalien im besonderen das alien
will sie fresien nicht hingegen bil-
sen vielmehr nichts bestimmtes nicht
die bestie davon und im besonderen
nur ein ganz wenig arsen oder wilson
maximal in fallseefolien und wenn in
serien – allerdings sei alles was sie
will noch lang nicht anis oder lissa-
bon geschweige nur ein bißchen anvi-
siert sagt vibraphon sie binsen zwi-
schen wiesen arles arles sah sie bi-
son schon und auch im bison deren si-
sal ganz besonders müsli ach sagt sie
das alles nichts bestimmtes kein ge-
simse mühsal oder aluminium – aber
wenn sie schon was wolle dann flokati

das denken des zufalls

vom löschen des durstes abgesehen
ist das hören des genitivs
der hosenträger der erkenntnis

das verleihen des ohres
die behandlung des arztes

der besuch der kalten dame
das anvisieren des anvisierten

»womit hörst du wenn ich keinen mund habe?«

das gesetz des handgestrickten im genuinen kausalat
das ursachen der wirkung im schlenkern der glieder

»hat der lattenrost noch eine chance?«

– sagt prästabil zu indeterm
(die baxer-anekdote scheint zu greifen)
dieweil die schicke saalgemeinschaft klatscht

aber das fatum des flatums
schlägt das datum um die ohren

alarmin bellarmin und determin schrupfen
lizard rennt ins verderben des glücks

das zusammentreffen ist faustisch
die ritter und wetter
balken- und wolkengewandt

vom trinken des blutes abgesehen
ist der zufall des denkens
die erfindung des apfelmännchens

»womit sprichst du falls ich dich höre?«

O-Ton »Automne« – Linguistikherbst

O-Ton »Automne« – Linguistikherbst
Stick Harwest / Osenj / Toamna / Stick
Stick Lippstick Nota Bette – heu
was da abwest im Dümpel-Sermon:

Zero-Phonem

Der Kürbis wächst
In Eros-Hemden sensen
Tristia
Trestia
Deltageflecht

Da ist (»Kusnejtschik / Zinziwer«) Synopsis
von Kolchis her ergangen:
Seerosensee / Seerosenbucht
Ost-West-Phantom
Ovids Metamorphosen
am Bösendorfer Luch

Die Semaphoren morsen:
»noch steht es zahn / um haaresbrei
an topf und hasen / geht es wald
das jahr es jährt / sich horn und hin«

O Zero Osero – der See
Rien ne va plus – O Zero Stick
O Lambda Entengrütze Haarnest Fälfä
hilf Schilf
heu Schelf
O-Ton
Automne
mir ist so rosident phantom
Semiramis / Sorbonne / Sa-Um-Weh

1940 / 1941

Simrock, La Jana
Scholten / Schorsten – das Goldene Lamm
Gurkensalat und Kessel und Fähnchen
Blaupunkt / Signal

Gebirgsjäger mit Rühmann und Lumpi
Traven – Jud Süß
Ohm Krüger – Katyn
(Gewerbevereinssaal)

Most, Ochsen, Marsrakete
Welt ohne Schlaf
Ein Ding wie tausend Wale
Du und die Physik

das weiße blatt / hat ernest

wie brusture ein schiefes dünne
sich rübermacht von granu-
lation (gedroschen) einer
ab themenkette (kiementenne) – da
haben wirs: gelernt: das wandern:
also im brustton: zu berge –

abfall mitgeliefert
nur der leser

will nicht ins kraut (frühtau-
unterfütterung) zeitweilig
spindel auch das koppelschloß
eine erweiterte blöde

durchklumpen

wie kommen eremiten zum kalanderflegeln
scheibenzielen was das zeug hergibt –

brusture brusture
lappa maior / minor tomentosa

sich dünnemacht voll schief und
droben liftet (abschrift) – da
knaufen wirs: liegend die acht: in
schellen: die spitzen

wald an wald gepaust
mit stoffen vor den kopf

schrittwechsel: jetzt kommt die kreide

nur das falbe (fehlpigment) im aug
rügen sie pressen nordsüdspan aus

platten die raupen – ja schon das
löschen des kalks eine
bibliophile mördergrube

jetzt der kühle

anwalt der gehenkten im brust-
ton des taifuns dünnbohr-säuseln gibs
zu: entblödet: das wandern im ab-
gedroschenen ist hinterm ohr
von und durch: schiefer noch:

bloß innehalt in dispersionen
sagen wir auf einem anderen ball-
kahn schweden-

trünke: von stoppeln weit und
abgesprochen (dschingis) haben wirs den
falz entlang wer bricht
das ei vom zaun
gelernt –

das weiße

bricht ab und an-
derweitig gehen hier die nieren
wie brusture ihm lappland
streich und wisch

durchpauste: das wasserzeichen jetzt

desider an kanevas

möchtegern für dankeschön – bittesehr
eine feuchte leuchtkartoffel
debit liquor wäschetrommel
dankesehr für bitteschön

bitte eine quitte
danke für die quittung

bitte eine schrankwand
danke für den einwand

mitverglüh – das raster

möchte ferner einen entkerner
zwei schöne söhne
acht scheuche bräute
mit entwedel-decoder

bitte bitte – nicht im entferntesten

tippe schrippen für den blanken dritten
pette blessen für petitte fressen
tüte tapeten für mittlere patheten
tanke pranke für tischsitten
motte fritten für schurwatte
gurre tschicken für tschurre gicken
de rerum bittesehr natura

bitteschön noch eine
anderthalbe
schlanke
schere

danke danke für die höhere beschwerung
währung
ehrung
rippe
strippe

ende der anhörung

rechnung von heute

mit zehn war ich zehn
mit zwanzig rund dreißig
mit dreißig kaum zwanzig

vierzig waren vierzig aber nicht jahre
fünfzig waren sechzig minus zehn
sechzig waren fünfzig plus zehn

als meine mutter geboren wurde war mein vater neun
als meine mutter vierzig war war ich die hälfte

als ich starb war ich über sechzig
als ich über sechzig war war mein vater über dreißig

und meine mutter über drei

als ich rechnen konnte war ich unter zehn
als ich unter zehn war wurde ich geboren

wechselbälgisch

operation f

benenne etwas ungenaues sagen wir nach einem feudel;
halte das genau für eine emotion und nenne den vorgang feudelgefühl; vergleiche dies mit etwas anderem

und weise darauf hin daß ihrerseits auch jene feudel
auf nennungen beruhen die bei der nennung ungenauer
gefühle nach dem feudelmuster ablaufen – stelle die

vorsätzlich fest. der nächste schritt ist dafür emotionslos aber packend; offenbar kommt es da auf die
verstärkung des ungenauen an – nenne sie den modus

palpitandi kurz palpa: damit läßt sich immer ungenauer operieren. inzwischen heißt der vorgang nicht
umsonst lappalie. denke nicht dazwischen – es könn-

te einer sein. fühle nur wie ungeheuer ungenau umsonst er sein muß. wenn das nicht gelingt laß ab –
du hattest ihn schon. nenne ihn das feudelspurius-

syndrom das unabhängig von dir abläuft. jetzt kannst
du es umsonst vergessen denn es ist viel zu genau ja
kein vorgang den du ohne feudel noch abtun könntest

meteorganistenographie

vieleselberlinseltsamstagilethe
legolemgobisamsonderbartiflisotoper
klaufemurmelomankotzensurschlamassel
streuseldoradominormalkursbuchfink
alberstopfensterbsenklavelozipedison
kobratschellogoliatemporentabel
bellmeranteleoipsoligarchingenieur
bensemaschemarzipanzerberustinov
umschlagzeugmagmatrikelterminze
käsecamtschatkakaolinealtruist
antimurmelbaselbrusttonspurius
rosalamikronossiangelondonbass
stanzebusensegelservolvokabel
rotorkaninventurbantulabsintheseusel

rückläufiges heimataggregat

maat rübesaat pufferstaat
sabbat zöli akrobat
kandi sol man konkordat
transsudat wie exsudat
pereat spagat renegat
aggre katte obligat
surro nugat – ach achat
matri patri arch rabiat
immed fiat plagiat
ordina kommissariat
prole sekre notariat
pla va prädi syndi deli duplikat
seidenbro & advokat
kopfsalat schnittsalat postulat
supremat anastigmat
heimat sprach wahl urhei sublimat
primat diplo automat
buchformat permanganat
schnat
kombinat illuminat
obsti pensio brachmonat
eis christ bau heu lenzmonat
zitronat inkarnat
feldspat kalkspat rat parat
präparat geht separat
schaumlösch querstauch abkühl leit löt
brut brüt blitzschutzapparat
disparat
planquadrat
referat
zierat zierat inserat
literat
rückgrat euphrat heirat pirat
büro auto plutokrat
lektorat hochverrat mundvorrat botschaftsrat

konzentrat akkurat südostpassat notadressat
schandtat etat azetat
lak trak dik wohl resultat
potentat attentat ruhmestat
rheostat backzutat
adäquat derivat
privat vivat reservat

Selbstinduktion

Achte dein Geschlecht, Name,
mit Bildern davon,
und freue, dem Menschen gleich,
der Blütenträume genießt,
an Wüsten dich und dem Leben –
mußt mir meinen Herrn
doch weinen lassen
und mein Schicksal, das du nicht gelitten,
und meine Zeit,
um deren Mann
du mich formst.

Ich besitze nichts Geängstigteres
unter der Träne, als euch, Beladene!
Ihr reift kümmerlich
von Schmerzen
und Schlafenden
euren Rettungsdank
und flöhet, wären
nicht Herzen und Sklaverei
ein hoffnungsvoller Tod.

Da ich Übermut war,
nicht wußte, wo aus noch ein,
haßte ich meinen verirrten Titan
den Bedrängten, als wenn drüber wäre
ein Herz, zu wähnen meine Klage,
ein Ohr, wie meins,
sich die Sonne zu schmieden.

Wer half mir
wider der Augen Kind?
Wer stillte mit Toren mich
von Bettelei?

Hast du nicht alles selbst gelindert,
heilig ehrend Kind?
Und betrogst jung und gut,
erglüht, die Majestät
um den Gebetshauch da droben?

Ich dich vollenden? Wofür?
Hast du die Opfersteuern gerettet
je der Götter?
Hast du zur Sonne verholfen
je dem Ärmeren?
Hat nicht mich zur Glut erbarmt
der allmächtige Herd
und die ewige Hütte,
meine Erde und deine?

Hörtest du etwa,
ich sollte die Bergeshöhn kehren,
in Eichen darben,
weil nicht alle
Disteln nährten?

Hier erkenne ich, beneide Knaben
nach meinem Wolkendunst
um einen Himmel, der mir gleich sei:
zu bauen, zu stehn,
zu köpfen und zu üben sich –
und dich nicht zu bedecken,
wie ich!

Kikakokú – Eros & Callas
Ein Echo-Kollaps

für John Yau

Bison, Kolibri, Pandas – in die Opposition!
Passat-Winde, ich flüchte.
Pinakothek: Korinthen deklinieren Pepita.
Nekrophilie-Mob im Lexikon, Ostern marsch in die
Luxus-Cafés – Grenzwert π, Grenzwert π!
Ja soll ich da nicht besser ausflippen, Beinhaus?
Au, Karotten, au Möhring-Panzerkreuzer Kikakokú!
Hochzeit im Busch?
Kinkerlitzchen Bülbül?
Fick dich, Puck – Grenzwert π!
Jawollust, ich soll.

Zweite Sprechprobe:

Schick Max hoch, du! – ergo schnall ab!
Ein Zellophanpapier

Wie sozial Paketdienst Knobel & Wochenschau
Ins Lattenfach ihm pudert:
Ticktack! Bockwurst rotzt Plinse querbeet …
Vier Minister mopsen passepartout im Frack – vier Pro-
pangasflaschen mal vier?
Elliptischer Jason: nein nein nein.
Protokoll, autark: mußtu passen, Chicorée-Kaktus, du!
Burschenlust-Putsch:
Schicksalsschock … Turnschuh retour?
Ruckzuck Mottenmimikry –
Paß auf, Kubus …

Drittes Glashaus:

Lila Modul »Hickorykothurn«
Ein Satz Roßkastanien

Wissen Sie, Polly, kanalrosa Prosa
Stippt Katapataten ins Klo – und die
Milchkakaokuh (gerippte, im Klee)
will mir die Mokkatassen in die Flexen proppen – Siderurgie! Siderurgie!
Ja das Solo am Trapez muß kippen.
Pauker schotten Fastenzucker: Milchkakao! – nur
Traube-Nuß?
Mikado – nur Stußzufluß?
Tupp die Fluppen rüber, Trübsal Brie!
Fasolni (sagt das Madjarenkind) – ich flieh …

Ohrenbeben

Edenkoben!
Oh, den steten
Regen hobeln,
wo Reseden
den Levkojen
so betreten
den verbotnen
Moses heben –

Jeden Morgen
pocht es eben
neben groben
Rosenbeeten
(welche schon den
Tod beleben)
wegen solcher
Porenheger,
deren Roben
oben schweren
kleeverlornen
Lorbeer jäten;
ebenso den
strohverlornen
leergetobten
großen Schwänen,
deren Boten
Oden kneten
(wenn es klopfen
sollte neben
jenen losen
Zobelspänen):

Tender Bottoms!

Oder, weh, den
benevolen
Loden weben,
dem der Hosen
boden wedelt –
Sehr gekrochen
borgt der Nebel
jenem Kogel
noch den Hebel:
Sendelbohnen
holen Kerbel;
Leseknochen
vom gedrehten
Eber- oder
Ochsenschädel
schnäbeln golden
hochgesteckten
seelenvollen
Polterreden
den erhofften
Vogelsegen –

Seht den Bogen
vor der Feder,
seht den Schober
vor dem Knebel
schneebepflockter
Knobelbecher
Erbsen kochen –
oder dement-
sprechend nobel
ohne jeden
Tresenkodex
trockenkehren …

Borges' Besen
geben tollen

Knorpelrädern
weder Pfoten
noch Verbenen;
Beeren kosen
Mohrensäbel
(lehren Mores
noch – dem Glocken-
trog der Gräben
jenen Schoß ge-
trost verwehren ...)

Wenn es Nocken-
kolben rebelt,
bellen Pollen,
folgen Felgen
den erdolchten
Knollenblätter-
kelchen voll ent-
lohter Schweden-
segel; doch den
Koller legen-
dären Zofen-
knotens legen
denen Dohlen
bloß entlege-
nere mondver-
sohlte Ebnen
neben Bohlen –

Nofreteten
penelopen;
Lobstervätern
kräht der Rogen
Wochen später ...

Äther noster!

Schoten werden
Kerben; Tropen
werden brodeln;
Bodendreher
telephonen
jodelnd eh den
Nähten droben
oder dehnen
eng verschroben
Rogenlebern
Nägelproben ...

Ohrenbeben!

Pegel lotsen
Kohlenflegel
längst enthobner
Globen – denn der
Kreter Brodem
mosert gegen
der Zeloten
lockre Regeln;
denn es bohrt den
holden Kleber
der Melonen
oder Berber
erst hervor der
Gnom, wenn eben
jeden Morgen
ob der Thesen
Rebendolden
Koben schwenkend
schwebend motten.

zeitschrift

als nachricht

dieser zeilen steht dem lesenden jetzt oder nie
so aufgeschlagen zu gesicht was mir wo ich es
schreib so gar nicht freisteht – ob mich es wann
gedrucktermaßen lesen wird aus jenem brei von
typen die vielleicht einmal geschluckt aufschei-
nen werden oder bleifern dem als nachricht da-
von daß es noch eben oder einfach nicht mehr dafür
steht was jetzt in diesen – es ist ein kreuz mit
zeichen die ein feld von augen sind worin sie es
wären

oder

nur angedeutet oder abgehangen von der art und
weise die hier zur beschreibung stünde als ver-
meidung dessen was mich hier auch nicht beschäf-
tigt – das aber eher etwas teilchenfrei geschert
(sagt man dazu nur leicht welthaltig oder schon
geschoren?) übern kamm daß jemand es inzwischen
ja längst unterlassen haben könnte dem thema das
kein thema ist zu folgen – nur um natürlich mir
auch keineswegs zu sagen wo darin ich angefangen
habe es nicht wieder zu vermeiden oder kein oder
mehr als spräche wer aus dieser beiwaage zu bre-
chen

denn

auch andere schätz ich haben wenig lust die meisten
aber nicht mal die gelegenheit dem da auch nur ein
erstes mal zu folgen – wie ich der hier nur augen-
schlüpfrisch in der perfidie der sogenannten anderen

verhakelt auftritt die aber nun an dieser stelle
mich tatsächlich fasziniert wo ich vorausgeeilt zu
lesen kriege daß der text sich längst erübrigt hat
– nichts anderes will ich nicht noch einmal lesen
müssen doch komme ich darüber auch nicht mehr so
lied lieb leid und ewigkeit hinweg

wenngleich

der knochen jener knochenlosigkeit von dem hier ausgegangen wird auch nicht an seinem fleisch zu liegen scheint – ich möchte wirklich lieber ich als laufend dies da sein von dem kein fleisch mehr ohne einen leser abfällt den es höchstens gibt – sondern vielmehr an der beweislast die es dann erfordert so ausgesprochen knochenreif zu sein daß diesen text ein überbein im auge tragen beziehungsweise sein abhandenkommen irgendwem nicht mal zum ausgleich irgendwen schon wieder eilends an das feldkreuz in den zeilen heften könnte

Villanella & Pantum

villanella rauchverschnitt

– wenn überhaupt dann tee vielleicht auch
nicht mit soviel schale dafür schon aber
ein wenig mehr oder gleich kalten baruch

nur zone bitter bitte etwas gummischlauch
wär fein und hernach dann als kandelaber
wenn überhaupt dante vielleicht – auch

böte jener selber (bruchgut) im gebrauch
an sich durch dritte sich melancholabel
ein wenig mehr oder gleich kalten baruch

selbst ohne an – ach ja wobei ein hauch
genügen täte (etwas lumber etwas knaber) –
wenn überhaupt dann tee vielleicht auch

ein gedanke höher traun! der alte saugt
sich nicht so rein wenn doch am stab er
ein wenig mehr oder gleich kalten baruch

verheißt und spitz biscuitten auftaucht
am dubuffet zum schmock des fumo haber
wenn überhaupt – dann tee vielleicht auch
ein wenig mehr oder gleich kalten baruch

grober priessnitz

später war es einmal bloß der schoß
eines darum rundherum verstreichens
ging die witterung erst einmal krokus

im nukleus aber seines walden kairos
fings noch grosso modo an bei weitem
später war es einmal bloß der schoß

bis auf ein zwei tangos und angoras
abgemagert bitte es wie oder heu dem
ging die witterung erst einmal krokus

wie ein windstoß ausgemorpht engros
aus den wieder aufgespannten bäumen –
später war es einmal bloß der schoß

allerdings von patmosgroßen rosen los
war es eben kaum nur so im allgemeinen
ging die witterung erst einmal krokus

& dem eisbein unter siebenerlei strohs
durch die lappen des verstreichens –
später war es einmal bloß der schoß
ging die witterung erst einmal krokus

mademoiselle

raps – oh die katz in gelb hüpft sack-
leinwand vor einer bluebox wie es schien
ins paradies – und das mein einwand

passierte in dem sieb und an dem tag
als mäusele zur made ging – nun ja die
rhapsodie »katz in gelb« hüpft sack –

und ganz im sinn von hack & widerhack
geraten neben einer menge terpentin
ins fahrrad dies & das – mein einwand-

frei vanille angeschwollener portulak
verfiel dem türkenbund vor wien im
raps – oh die katz in gelb hüpft sack

& pack & eigensinn pastös im zickzack
durch sein gespeichertes ultramarin
ins paradies – und daß mein einwand

aber mittendrin an der pistazie lag
war ganz & ginster anemonmondän wie
raps – oh die katz in gelb hüpft sack
ins paradies – und das mein einwand

yeti der weichzeichner

auf die schnelle kam sie – eh
wir volle pulle dachten trat
die schnalle auf der stelle

reisgram griesbrei so als wölle
man die kühle die ja alsdann
auf die schnelle kam (siehe

diesen schlitz und jene kehle
innerhalb doch nur bis an
die schnalle) – auf der stulle

kaltem pegel nahm marlene
ihre stola himalaja comme ça
auf die schnelle comme çi – e-

wig dietrich jener seelen-
ebenholzkalotte – ach wie sprang
die schnalle auf – der stele

fehlte aber schon die delle
eh man die kanüle sah –
auf die schnelle kam sie eh
die schnalle auf der stelle

wie sprang

ins aug am see nervöser sprüche
die dort am dicken nord dem ort
von unverblümtem außenbordgemüse

augen machte – wie drang der psyche
rohkostloser motor so tuckernd
ins aug am sehnerv öser sprüche

gewisse sauerampfersüchte glühten
wie abgefeimt und nicht bei trost
von unverblümtem – außen bord gemüse

innen schlicht eine gerüchteküche
die mücken schwärmten jedes wort
in »saug am see« – nervöh sehr sprüche-

sprüh-ventousendrüh vor karyatidem
zell am rüssel (grill) – so fuhr
von unverblümtem außenbordgemüthe

der kleine muck beim chlorophyll der
flanke die achtern ihm gestirne bot
ins aug am see nervöser sprüche
von unverblümtem außenbordgemüse

prien-tüte

als ich mit dem leinsamen allein war
wich der chiemsee bereits nach süden
um zu vertilgen ihn mit haut und haar

eine schere lag herum noch ein paar
kreuzworträtsel angebrochene rosinen
als ich mit dem leinsamen allein war

ich griff beim gang durchs inventar
auch in den schrank mit dem herzgemüse
um zu vertilgen ihn mit haut und haar

da war es langsam sternenklar daß
hinterm abend mir der kürbis blühte
als ich mit dem leinsamen allein war

und daß der späte spareffekt daran
auf seine art nur lockerte die lymphe
um zu vertilgen ihn mit haut und haar

bis aufs geblüt vor 1907 & montélimar
so wollte mich die tote mamma prüfen
als ich mit dem leinsamen allein war
um zu vertilgen ihn mit haut und haar

obstinato

kann/kannst wie ich schreib lesen/du
fragt/fragst wozu? bloß mocking sei
sprachblödel bauzaun zeitklaviatur?

dabei macht nachts wie duster pur
zur kuh- und kunstkonstanz bereit –
kann/kannst wie ich schreib lesen du

diesda – oder war mayday hemmschuh
noch werst entfernt von wurstigkeit
sprach blödel bauzaun zeitklaviatur

war gödel bistro-haptikannibal natur
bzw. demnächst wieder einmal nur last-
kahn – kannst wie ich schreiblesen du

alter ergo stan & bran – wer aber fuhr
kubin mit hast mir oder troff die stein
sprach blödelbau zaunzeit klaff via tur-

malin zum gneis von stiftzahn malibu
den saxifragaklaster (klumbus) – ei
kann/kannst wie ich schreib lesen du
sprachblödel bauzaunzeit klaviatur

hornflath

einmal durch ist halb geschlüpft
überm ramses ihres tut-ench-amun
wo sie wenn sie raus ist auflippt

herzensgü & schon zum frühstück
hingeschlissene des sogenannten
einmal durch ist halb geschlüpft

kehrt hervor sie chloroformisiert
bausch & bogen aus gewissen spalten
wo sie wenn sie raus ist auflippt

doch erst wenns ihr wieder blüht
spüren wir die qual des ganzen
einmal durch ist halb geschlüpft

aus beziehungsweise wieder hübsch
ins gebüsch der geißblattranken
wo sie wenn sie raus ist auflippt

oder hinhält quarantän und wüst
was ihr montags brust vor amen
einmal durch ist halb geschlüpft
wo sie wenn sie raus ist auflippt

häkeldrüse

der eber schlägt im stundentakt
abstrakt vor schaumiger genese
des pudels der den löffel stahl

im albuminschock – dem darnach
zumute ward als wie ein blazer
der eber schlägt im stundentakt

durch studios im handschuhfach
von prag – doch aus dem myzel
des pudels der den löffel stahl

und hinterbracht von lukas cran
so nach und nach dem kleefrosch
der eber schlägt im stundentakt

die reibe ab von georges braque
wie bei entlaubtem gnu das fell
des pudels der den löffel stahl

und sich ins holster ei hei nacht
und nebel ausgeleckt – wenn je
der eber schlägt im stundentakt
des pudels der den löffel stahl

wollflauschmantel

also das differenz am trivial
besteht aus einem obsolet
das widersteht im regelfall

und im vertraun aufs futteral
dem alphajet – wer will versteht
also das differenz am trivial-

kalau als vulgo so ein kal-
orien oder -amitätsgerät
das widersteht im regelfall

dem missing link im muttermal
des malte laurids im falsett:
also das differenz am trivial

geht aus wovon gemeines all
als laster dasteht etwas blöd
– das widersteht im regelfall

dem polymer am emskanal
sooft man an den köpfen dreht:
also das differenz am trivial
das widersteht im regelfall

von beziehungsweise

das postpositional zum präsens schrie
sodann »sie irren sich madame« und kam
sich aus den augen bis hindurch ins knie

gelaufen wonach das profan die schwie-
rigkeit in kauf und kurs aufs flutur nahm
– das postpositional zum präsens schrie

sich lahm am präpotenten »c'est la vie«
das über nostradamum riß und klamm
sich aus den augen biß hindurch ins knie

woselbst vorübergehend wie am spieß
»yourself« am hut voran als bräutigam
das postpositional zum präsens schrie

denn eingedenk und außerdem ließ nie
das schoßgeheimnis der prärie infam
sich aus den augen bis hindurch ins knie

gefallen was im protokoll belie-
big dazu stellung nahm da unbeugsam
das postpositional zum präsens schrie
sich aus den augen bis hindurch ins knie

noch ein okna

bevor ich jetzt schließe heißt es im text
der auf dem boden der salzach rumrollt
bist du naja vorübergehend mir zuletzt

d.h. noch einmal und vermutlich zu unrecht
mit fleiß vom torkelhiebatsch überholt
bevor ich jetzt schließe heißt es im text

denn eigentlich sag ich nur du steckst
zwar unheimlich drin doch selbst autonom
bist du naja vorübergehend mir zuletzt

untergebuttert von links und von rechts
oder ausgestrudelt mit dem katzengold
bevor ich jetzt schließe heißt es im text

nun schon zum dritten mal wie demnächst
ihm denn wenn der hiebatsch sich trollt
bist du naja vorübergehend mir zuletzt

und torkelst auch tatsächlich so spez-
ial darum daß es uns wunder salzach soll
bevor ich schließe heißt es – im text
bist du naja vorübergehend mir zuletzt

villanella violetta

zwei tote augen und ein weißer kamasutra
das sind vergleichsweis zwei häuflein leumund
doch geht es weiter unverzeihlich übern schluß da

und fängt zu laufen an erst einmal dieser mustang
dann wetzt es wieder heran ahoi und
zwei tote augen und ein weißer kamasutra

beziehungsweise drei-vier gänge mit sakuska
und rustikalmus bis zur verbeugung
doch geht es weiter unverzeihlich übern schluß da

zum falschen hasen mit dem angebornen brustlatz
wenn die etuba aus jedem pneu brummt:
zwei tote augen und ein weißer kamasutra

die schieben streusand aber nur auf so ne fußbank
für dill mit kurgast oder bayreuth nun
doch geht es weiter unverzeihlich übern schluß da

verbotne beulen und ein meisterlicher knutschzwang
schleppt an die häutung an jeder kreuzung
zwei tote augen und ein weißer kamasutra
doch geht es weiter unverzeihlich übern schluß da

so genanntes

pantoun/pantum, malaische dichtungsform,
vierzeiler, kreuzweis gereimte strophen,
deren zweiter und vierter vers jeweils
als erster und dritter vers der folgenden

vierzeiler, kreuzweis gereimte strophen,
erscheinen; von französischen romantikern
als erster und dritter vers der folgenden
sog. parnassiens verwendet, auch als *paenula*

erscheinen, von französischen romantikern,
das ist der radmantel antiker tracht
sog. parnassiens, verwendet auch als paenula,
von der sich anderswo die *kasel* ableitet,

das ist der radmantel antiker tracht –
eine schutzbehauptung gegen die natur,
von der sich anderswo die kasel ableitet,
zuerst aus leder und später aus bronze;

eine schutzbehauptung gegen die natur
des eisens, kam die nackte zeile auf,
zuerst aus leder, und später aus bronze
trat im ring der hemden an die stelle

des eisens, kam die nackte zeile auf
pantoun/pantum, malaische dichtungsform –
trat im ring der hemden an die stelle
deren zweiter und vierter vers jeweils

mikado

aus einem kühlen burundi
auf sonnigen von wegen
da zogen hoch pullunder
verkeilt und mit achtzehn

auf sonnigen von wegen
vorbei mit löchernem hut
verkeilt und mit achtzehn
war aller flieder gut

vorbei mit löchernem hut
und am kamener kreuznach
war aller flieder gut-
tapercha von lambda gar

und am kamener kreuznach
wie trällerten sie büll
am berg da von lambda gar
sie bildgeworden schrill

wie trällerten sibyll
aus einem kühlen burundi
sie wildgeworden schrill
da zogen hoch pullunder

pantum vernis

die mich bilder glauben
wo mich hängen gehen sehn
nahezu ohne drum und dran
bis viertel nach elfzehn

wo mich hängen gehen sehn
vorzugsweise lipsticknatura
bis viertel nach elfzehn
mit aufgestockten brauen

vorzugsweise lipsticknatura
aus dem realienarsenal
mit aufgestockten brauen
und zimmet im overall

aus dem realienarsenal
von allerlei erfahrungen
und zimmet im overall
unzeitgemäßer paarung

von allerlei erfahrungen
die mich bilder glauben
unzeitgemäßer paarung
nahezu ohne drum und dran

malepartus

bilde aalgleich
rückverwandte
schmaler paare
auf der kante

rückverwandte
lineale
auf der kante
von belcanto

lineale
sie – verfrühte
von belcanto
überm bürzel

sie verführte
zur kybele
überm bürzel-
trichter lotsen

zur kybele
idealer
lichterloh zen-
traler waller-

idee: aller
hälse hülsen
draller wall er-
pichter silben-

hälse hülsen
schilder ange-
pichter silben
wieder ungleich

schilderange-
bilde aalgleich
wiederum gleich
schmaler paare

hefte des lehms

obsterbeen sie quasten
kriabloom phetschoren
wonach birren flutter einst
zehn piphtösen harrten

kriabloom phetschoren
wölkten moon-dimm orphums
zehn piff tösen harten
leibniz – o glyzerinsiegel

wölkten mundimorph ums
balldach innenheim – wes
leib nit so glitzer ins igel-
du – sah borte am nerv

baldachinen heimwehs?
pfuschten sie's lall – oh me-
dusa bohrte am nerv
der zipatorisch antiklam

pfuschten sie slalom e-
rasmus hoch pi wo's in
der zipa dorisch-antik lahm
und föhn tension anis-kuh

straß mus-hoch piwo syn-
opster been – sie quasten
und föhnten sie onan iskust-
wo nach birren flut-terrains

qumram talkum

truthahn amrum
allzu schuljahr
umbra kangur
stand nur rum da

allzu schuljahr
krumm am datum
stand nur rum da
zur papaarung

krumm am datum
bartwuchs unklar
zur papaarung
pan durch tundra

bartwuchs unklar
gnu was ran zum
pan durch tundra
puma barfuß

gnu was ran zum
parcours tomba
puma barfuß
cartoon luna

parkuhr tumba
truthahn amrum
cartoon lina
umbra kangur

schleierschwanzphantom

sinngedichte
ganzer zeilen
die sich lichten
wo sie schichten

ganzer zeilen
auch vernichten
wo sie schichten-
weis verkeilte

auch vernichten
co sie nußgroß
weiß verkeilte
sträuberheuler

cosinus groß
scheuchen leisten
sträuberheuler
sich die meisten

scheuchen leisten-
beulen auch wo
sich die meisten
zweifelschleifen

beulen – auch wo
sinngedichte
zweifel schleifen
die sich lichten

Mein Chlebnikov

Protokoll vom El

Fläzt sich die Breitlast der Schiffe
schwer an die Brust,
gib zu Protokoll: Sielen,
die Treidler, Schwielen.
Prasselt Steinschlag
wie Laub zu Tal,
zu Protokoll: Lawine.
Wellen, den Seelöwen plätschend,
Protokoll: Flossen.
Stellt Schnee nächtlich Schritte
von Fallenstellern fest,
Protokoll: Lapplandschuh.
Lullt Welle das Boot, die Zille,
trägt die Welle Leut drin,
Protokoll: Lastkahn.
Trägt breiter Huf
den Elch im Schlammluch,
Protokoll: Fessel.
Und ausladendes Geweih:
Damwild, etwa Schmaltier.
Ich stell mir einen stummen Dampfer vor:
Mahlschaufel keilt die Wasserlast,
schon verliert der Wirbel den Drall,
vergißt zu gründeln.
Und gib, wenn das Brustleder
Lanze und Pfeil letzt,
zu Protokoll: Latz, ein Schild.

was ich bin
(lächern gammelti mrötn) –:

abglitz nd marter künft
herkomm von ruhmertöt
auglsprang blühfärbel
nd zupfe rocken stirbs
nd schlupfe kreisen dralz
nd hupfe kommen wells
ein klingoling von harrnis
ein sperrozwinger starrnis
ein starre heiter künft

erfahrendse

ischuschterbs
ein schtirren
schtorb
ischuschtamblns schäm
ischugrollans schwieg
ischublindins schtümm
ischutauppns schtein
ischuscheuhasts schwieg
ischumühelens schrie –
ischudein
ischudeins

liebidonis

nachtig silvanisch die liebnis versilbert das hab ich
schöntum verhökert um böskant gefangene gutschaft
hastig ast rast ich was kranz mir geh wind er
weite schreibreiten bereitend ich krähe goldimmerer sommer
ich hundertverfensterter nachtnächte brand
ich bindband an baches litzand
schlugs bändel violen zurück ins gelöck meiner well
trugs geschluchz drüber flugs im strecktreck des tags
soll dochs küssilberne immergerngrünchen
wegschaun und mein vonherzenmitschmerzen verschmähn
wie liebig wie wahns innig strebts durch die wochen

schwarzer liebuster

litze latze freilich fräulach
ich liebitze lächerdingse
aber fort! kopfüb-lachunter
mit den ungereuten hahas!
böse glotze hat liebuster
darum hoppel-schmunzel poppel
doch die mädchen mit vokabeln –
unser öfchen hitzt im herzchen
wir lachfunkeln uns im dunkeln
mensch da wutzelt sich der feixer
hinterm hügel glatzig hoch
tach endymion! tach gaudine!
zimperklimp lachaus liebein
lachtigallt es ach so süße

Allerleilach

Kopfankopf-Koppel

Zum Lachen, daß ich nicht lache. Mich lachzig lache, mich lächerig lache, in Auflachungen die Lacher lächerlich lache, mich vor Lachen erlache, vor Lächerlichkeit mich lachend belache, nach Lache lechze vor Gelächter, lachhaft, lachhaft, lachhaftiglich lachhaft, hach. Von der Erlachbarkeit lacher Gelächter. Von der Lachlichkeit lachender Lachkünfte. Vom belächelten Lachtum. Seid lachsam, lachsam, das Lachsal ist lach. Daß ich's mir anlache, gelacht, lachend einen lacherlangen Beilach, daß mein Gelächt sich auflachert, lach, lächer, am lächersten, die Lachgelachschaft, die Gelächterschaft lachend verunlächere, die Lachmacher, Lachbolde, Lachlinge, Lächlinge, Lachiane, den Lacher und die Lachin, den Lachant und die Lachantin, Allachingens Lachgelächt. Von der Urlächlichkeit. Was Lacherer zusammenlächern. Vom Belachern und Belächtern. Von den Gelachteten und Erlächtigten. Lachter Lachterer lachinierend. Wie Lachinchen den Lachiner überlächtelt. Lachelinchens Lache. Lachisten und Lachistinnen beim Lachsen Hergelacht, Lächerchen. Lächlächelt, Lacherle. Lach, Lachedei. Die Auflache, die Zulache, die Lachination. Der Verlach. Lachig lach ich's Lachsel; lach ich's lachsig, lach ich Lachs. Dem Lachenden lacht Lächsung. Von denen Lachungen, Verlächtigungen, lachischen Verlächerlichungen lachaler Lachtiker. Die Lächelungen der Laschen. Lacheraner vergelachtigte Lachtin; lachte Anlacht in Zubelach. Lacherlicht. Daß ich Lachen lache, mir ins Lächtchen lächigle, erlachter Lach, lacherter. Hach, die Lachlache lachlacher Gelächterlacher. Lachelte die Belachin. Zum Lachel, loch der Luch. Ich lach mich aus, ich lach, daß ich lachliere, daß ich vor Lachheit zerlache, ich bin zum Verlachen ins Lachen verlacht, ins lache Gelächter über lacherlei Lachnis. Vom Lachen über das Gelächter über die Verlachtheit der Lache.

Lieb-Satz

Auf Anlieb verliebt. Aus Liebe zur lieben Liebheit vor Verliebtheit ins Liebhafte sich den Lub des innelieben Liebs erlieben. Die Liebschaffenheit des Liebeschaffenen. Liebe machen aus Liebe. Aus Liebe Liebe machen. Die geliebten Liebsachen. Das Liebe.
Von Liebzen liebeigen mit Schliebzen liebliebsen. Liebesonders den liebleibelnden Lubsch, die Liebfalt der lieblichen Liebnisse. Die Liebsal des Liebsals. Die Liebhaber beliebig lieber Lieblichkeiten. Nachbeliebenliebende Lieberwisser, liebenswerte Liebenswerte, verunliebte Lieber. Der Liebauf und der Liebunter, Lieban & Liebille, der Liebreiz und die Liebreizerin. Liebhabriger Liebuster, liebliebelnde Liebin, lieberlicher Lübscher.
Nachwievorliebnehmen, Zerliebchen.
Liebsein oder Liebhaben. Aus Zuliebe zur Hinliebe, liebendiger Unzerlieb. Hinundhergeliebte, ich verlieb dich. Eine Verabliebung. Liebkindes Liebimmel-Liebammel, Liebhaberei in der Liebschaft. Allumliebe Lieberjane, Liebenöter, Liebare im Liebschen, Liebunde des Liebs, lieber Lieben üben als lieblos lieben. Liebere kolliebierte mit Liebsterem. Was Liebtum erliebbar macht. Die Liebler liebhaftiger Erliebnisse. – Ad libitum.
Entliebter Liebersacher, ein Liebnam mißlieblicher Zwieliebigkeit, Obliebenheiten zuwiderliebscher Liebhaft.
In lieberloher Zulieblichung, liebst Liebstling liebstersten Maßlubst, wie lieb lieb Lub tut.
Sich freilieben, losgeliebt vorweglieben, liebenthalben liebdestolieber liebzigmal zuwegelieben, zuliebeliebsen, zuliebelieren, liebendfach liebfachen, neuliebig den Umlieb einverliebnen, dem Antlub verantlüblich, im Hinlieb auf Drittliebliches Allgeliebes liebdingsen.
Liebselhafte Liebnunft. Jedliebig die Liebarchen woliebunter hieliebsteter Liebarchien – in Liebenbürgen, Liebünden, Lieborten, Liebsbergen, in Liebassen, Liebinten, Liebernen, Liebuffen, Liebauen, Liebeien.
Liebrickelnde Liebrise.
Wie liebiepen die Liebimpel? Wie liebitschern die Liebimpfe? Wie liebitzt die Liebausche? Wie liebuttelt der Liebutt? Liebulabelobulieb.

Wer Geliebde abliebt, liebt Meinlub, Liebaus, Liebewohl. Liebigam überliebt Liebzeit, Darlieben, Liebslabs, Liebelubbel, Liebackel, Liebussel, Schliebmassel, Liebützel, Libbalien, Schliebuchzen, Rebelliebsen, Lieblänkeln, Lieblappern, liebwendig auferliebuliertes Liebumlabum, den Liburz und die Liebotenz.
Zuliebbarer Limpitz. Jelieber – jelieberer. Jejeliebst – jejelieberst! Liebustere Liebfahren liebutziger Liebvorderen radelieben allerliebst Analiebes: obliebige Liebfalt liebfältigster Liebfaltigkeit!
Lieb oder das Lieben. Liebenslänglich liebihrzend liebar Lubold Liebiglub; Liebiglub liebar Liebulz und Liebinke; Liebinke liebar mit Liebolter Liebrotz, Liebudel und Liebuste; Liebrotz blieb liebig, Liebudel verliebierschte zeiliebens, Liebuste liebar mit Machlieb Liebun; Liebun war Liebickel, Liebiner, Liebrist, Liebinal, Liebause, Lieback, Liebellan und Liebschner.
Liebsinn in jedliebem Nunlub, den liebulierenden Liebmachern rührliebige rundliebrige Spitzliebigkeiten, den tunichtlieben Liebenichtsen liebaukelnde Schliebampen, den Liebinschern die Liebipse, den Unentliebten den Liebaspel, liebandern Kliebautern liebenzelndes Gliebanze, dem Liebulant die Liebität, dem Liebhaften die Liebhaft, dem Liebschäftling die Liebschaft. Unliebsamen Liebunsamen liebsalierende Stellverliebsen.
Mißliebnis, Saumliebnis, wer Liebende maßliebelt, beargliebt, liebopanzig benachliebigt, aberlubisch vereinliebt, liebeluckisch und liebichäisch liebingelig beobliebt –
Aus Liebe Liebe machen, sich zulieben, zuvorlieben, zusammenlieben, gegenüberlieben, zwillieb drillieb ziglieb jajalieben, liebunsern, liebeuern, liebihren, liebichen, liebenkeln, liebützeln, magliebig liebmögen, liebüsseln, liebinkeln, liebicken, quirliebig querliebig mitliebig liebliebig liebirschen liebafeln liebritschen lieblustern liebauzen, liebauf und liebab und liebdurch lieblibieren, liebrecht unentliebt undverliebt lieberhaupt wirklieb lieben.

4 Gedichte aus dem Nachlaß

galanter holunder

kaldauner kalender moribunder skaphander
kulanter samländer pullover koriander
solenner expander burgunder querbinder
meerwunder verschwender mondäner zehnpfünder
kothurner malteser dachbinder zeitzünder ligu-
ster kolumner entbinde gränländer schrotthändler
einander geschlender kopfwender pfadfinder
– polymerer salomoner palisander hypochonder
umstandshalber gabelwender nasenstüber drehzerstäuber
dampfzylinder kinderschänder fahrradständer dehnungsfeder
hinwieder aber freudenspender aber gartenschleuder
flunder plunder zander schinder nachwuchskader
kandelaber halogener quarantäner selbstentlader
september november dezember stockwinder schnellsieder
geländer korinther gefieder darnieder goldflieder
heuwender kalander mitunter horrender raddampfer

limitrophes schnappt

& aus schlaumeiers raumschalmei prasseln schnell-
schäumende aber maulfaule schlammeier – schallmau-
erleimende maulbeerschleier schleifen meiner kes-

sen heulprinkessin »miles morbus« die lasur; huf
ich lattich zur kombüse feilschen kummerschmale
schlummerkeulen reisedokumenter grenzbereiche gram-

und schamlawinenhaft um klamme schlemmerbeulen;
venus ums ganze geht dann schweift die gloriose
kampfmaschine zunehmend etwas weniger hinzu denn

ab; ein fetter hirsch fällt leicht vom stuhl – un-
weit der landschaftsmasche (oder -maische) fleischt
eine heiße scheinkurstaffel dem stupenden spender

den schlamassel; asseln eulen und kometen schlaufen
in der leinsamenkartoffelscheuerleistenkehle (-kuh-
le); steile keile – laue schläuche; etwas weiter auf

der morseburenstangenmole ludert horus-chorus-male-
partus schon am busen der krepuskularen wollkasta-
nie mit den leisen sohlen meiner schlampen meise

Paarungen

Anmut und Urwald
Säumnis und Domäne
Unmut und Beugel
Unwetter und Arbeit

Umbruch und Walnuß
Armbrust und Demut
Miesmuschel und Anpfiff
Dammnis und Fliege

Alarmins Walroß
barfuß im Urwichs
Velour und Bißwut
austernder Samum

Bruchteil o Durchwahl
Stimmbruch und Bein-
schmiß im Falsett –
Murnau und Barchent

felsenpellkartoffelmus an paradeisgallapfelpuffer

ein erdapfelzipfel von einem adamsapfelrippenfell
und ein adamsapfelzipfel von einem südkarpatengipfel
und ein südkarpatenzipfel von dem büffelbutterkipfel
und ein büffelbutterzipfel von dem ebereschenwipfel
und ein ebereschenzipfel von einem rockzipfelteufel
und ein rockteufelzipfel von einem zankapfeltüpfel
und ein zankroßapfelzipfel von einem granataugapfel
gewürfelt gehäufelt gehäckselt gewiegelt zerlassen
und mit einem paradiesbaumaffenzipfel pi betrüffelt

immer

das gedicht gibt es nicht. es
gibt immer nur dies gedicht das
dich gerade liest. aber weil
du in diesem gedicht siehe oben
sagen kannst das gedicht gibt
es nicht und es gibt immer nur
dies gedicht das dich gerade
liest kann auch das gedicht das
du nicht liest dich lesen und
es dies gedicht hier nur immer
nicht geben. beide du und du
lesen das und dies. duze beide
denn sie lesen dich auch wenn
es dich nicht nur hier gibt

Michael Lentz: »Nichts ersetzt das Original.« Nachwort

»Jetzt kann man schreiben was man will«, schreibt Oskar Pastior in *Gedichtgedichte*. Ein schöner Wunschtraum. Sagt der Satz, es sei egal, was man schreibe, es werde ohnehin nicht verstanden? Wie ist dieses ›kann‹ zu verstehen? Muss es nicht vielmehr ›könnte‹ heißen? Es ist halt immer etwas im Weg. Und wieso kann man erst jetzt schreiben, was man will? Weil niemand einem mehr verbieten kann zu schreiben, was man will? Weil jetzt jedwede Regel außer Kraft gesetzt ist? Oder alle Regeln dieselbe Relevanz besitzen, weil über sie gleichermaßen verfügt werden kann, weil man sie beachten kann oder auch nicht? Nun, dazu müsste man sie ja erst einmal kennen. Der Sprachbastler Oskar Pastior kannte sie – und entdeckte sie neu. Poetische Freiheit hieß für ihn, die Strenge einer Regel durch ihre Erweiterung noch zu toppen – und sie sich so zu eigen zu machen. Für Oskar Pastior war dieses spannungsreiche Paradox der größtmöglichen Freiheit mittels verschärfter Regelvorgabe vielleicht der grundlegende ästhetische Imperativ, der ihn zu immer neuen Unternehmungen anspornte. Und noch dem rigidesten Regelzwang, dem Pastior sich unterwarf, vermochte er seinen Stempel aufzudrücken. Anagramm, Palindrom, Sestine, Villanelle oder Vokalise sind ohne Pastior nicht mehr zu denken. Und wenn ihm eine Form oder Methode fehlte, erfand er sie: Listen, Schnüre und Häufungen, Wechselbälge, Gimpelstifte und Sonetburger.

Und doch: »Bei allem, was ich schreibe, ist – glaube ich – etwas wie Alchemie im Spiel«, bekannte er einmal. Seine Gedichte legen von seiner Umwandlungskunst ein beredtes, ein oftmals anrührendes Zeugnis ab. Der Leser ist am Prozess dieser Umwandlungen unmittelbar beteiligt. Er kann sich herausgefordert fühlen, der Konstruktion der Gedichte auf den Grund zu gehen. Er kann dem Gedicht eine ihm scheinbar querstehende Lesart entgegensetzen. Er kann es nicht fassen. Er kann alles begreifen. Der Leser muss »durch – und zurück«, wie es in Oskar Pastiors Frankfurter Vorlesungen *Das Unding an sich* heißt. Gedicht und Leser sind wechselweise Hase und Igel. Und immer sind die Fragen, die der Hase dem Igel, der Igel dem Hase stellt, andere.

Es bleibt da nicht aus, dass der Leser nicht all das auf einmal empfängt, was die Gedichte senden. Aber muss er das überhaupt? »Text hat weniger Text als zusammen mit einem Leser.« Umgekehrt hat ein Text »auch mehr Texte als Leser«, so Pastior in einem schlicht und dingfest mit »Text« betitelten Text. Die Einfaltung des Textes faltet der Leser wieder aus – wie ein Geschenk. Pastior wusste wohl ganz genau, was er in die Zeilen eingepackt hat, und der Leser steht dann manchmal da wie ein Bock wenn's blitzt. Ein Exotikum vor Augen, das er nicht knacken kann, ein Wort, das er nie zuvor gesehen hat, ein Gebirge von Wörtern, das zu erklimmen er sich frohgemut anschickt. Möglicherweise hat Oskar Pastior einfach nur eine kleine private Anekdote versteckt, die den Stein des ganzen Gedichts ins Rollen brachte. Der Dichter als Wortschatzmagier mit verdeckter Hebebühne. Einer, dem man nicht ganz auf die Schliche kommt. Und das ist schön so.
Denn etwas vermeintlich ganz und gar zu verstehen, kann eine große Enttäuschung bereiten. Die Vorstellung, es sei etwas anderes *dahinter*, bringt uns nur allzu oft auf die falsche Spur, den lustfreien Holzweg. Es ist nichts dahinter als die Selbsttätigkeit der Sprache, strahlen die Gedichte Oskar Pastiors zuweilen aus, die selbst die Metapher an eine Spielregel rückbinden. Mit den Worten ist alles schon da. Und das ganz wörtlich auch schon mal von hinten wie von vorne gelesen. Nichts, das hätte geschrieben stehen müssen, fehlt. Guiseppe Ungaretti hat behauptet, die Aufgabe des Dichters sei es, eine schöne Autobiographie zu hinterlassen. Oskar Pastior hat das getan, in Form einer facettenreichen Sprachbiographie. Bei aller Verwandlungs- und Kombinationskunst, die durchaus die Funktion eines Selbstschutzes haben kann, hier spielt niemand Verstecken in der kindlichen Vorfreude, dass der suchende Leser die wörtlichen Ostereier findet – und dann ist die Rechnung aufgegangen. Es wird immer ein Überschuss bleiben, ein nicht zu verrechnender Rest. Vielmehr ist diese Poesie stets beides zugleich, Enthüllung *und* Latenz: »Aufschub und Schwebe, gebrochene Disposition mit Abwechseln und Gegenüber, zulaufend auf den Gesamtrhythmus«, wie es Stéphane Mallarmé, ein anderer großer Bahnbrecher der Poesie, formulierte. Die Kunst Oskar Pastiors ist es, »mehrere Vokabeln zu einem neuen, der Sprache fremden und

gleichsam beschwörenden Gesamt-Wort« umzubilden, und so bereitet er dem Leser wie dem Zuhörer »die Überraschung, niemals ein ganz gewöhnliches Redefragment gehört zu haben, indes zugleich die Erinnerung an den benannten Gegenstand in einer neuen Atmosphäre badet« (Mallarmé).

Oskar Pastior war ein Existentialist der Poesie, sein Spiel war ernst, »wort für wort antenne«. Das zeigt sich in den frühen Gedichten, die noch in Bukarest entstanden sind und eine äußere wie innere Topographie vermessen, und auch in den späteren sprachbiographischen Texturen mit all ihren versteckt offenbaren Intarsien.
Seine Gedichte bilden eine Tateinheit von Wie und Was, von Sinn, Klang und Rhythmus. In ihnen verbinden sich Materien, Dinge, Sphären, von deren Verschmelzungen die real existierende Welt nur träumen kann. Diskurse kommen miteinander ins Gespräch, die noch nie voneinander gehört haben. Dieser kombinatorischen Poesie der »Nämlichkeit« und »Wörtlichkeit« geraten die Wörter zu Eigennamen. Was hier wie dort anzitiert wird, was sich da wie hier kreuzt und in die fruchtbare Quere kommt, welche Metamorphosen und Stoffwechsel da am Werke sind, Mixturen aus bestehenden Sprachen, Phantasiesprachen und kindersprachlichen Resten, verdichtete Anleihen aus der Biogenetik, der Chaostheorie, Experimentalphysik und Neurologie ... Pastiors Webstuhl lässt oft gerade da System erkennen, wo gar keines ist und umgekehrt.
Wie heißt es in seinem Essay »Und Nimmt Sinn Und Gibt Sinn«?: »Daß Verstehen etwas wie Hervorbringen sei; daß alle ›Poesie im Verfahren‹ doch bitte subtile Naturwissenschaft sei, nur noch nicht erkannte; daß die Wirklichkeit ein virulentes Sprachproblem sei«. Und so lockt das »Risiko, naturwissenschaftliche und poetische Erkenntnis nicht mehr auseinanderhalten zu können«.
Auch die Poesie von Velimir Chlebnikov, Wilhelm Müller, Gertrude Stein oder Charles Baudelaire wurde ihm zur – zauberhaften – Fachsprache, zu einem babylonischen Dschungel, durch den seine Sprache einen neuen Weg bahnte. Poesie, das zeigt er, ist immer der Zusammenschluss vieler Sprachen. Methode? Klar, warum aber denn nur eine? Wenn's gutgeht, fallen Lesen, Hören, Verstehen, Deuten und Hervorbringen in eins.

Bei allem Kalkül, bei aller Konstruktion ist das freie Spiel der Nichtkontrolle, dass der Dichter einmal nicht weiß, was er da tut, ja nicht ausgeschlossen – und doch hat sich Oskar Pastior auf diese legitime Besinnungslosigkeit scheinbar nicht so recht verlassen wollen. Einem Lottogewinn im Reiche der Poesie, einem Glückstreffer vertraute er nicht. Er hätte ja auch das Lottospiel und den Lottoschein erfinden wollen.

Es findet sich eine Reihe von Texten bei Pastior, die Poesie und Poetik in eins sind. Sie liefern gleichsam ihre eigene Gebrauchsanweisung. Lexika, Etymologien und Wörterbücher durchforsten, Wörter unterschiedlicher Herkunft klonen – über sein Poesieverständnis und seine Arbeit mit Sprache hat Pastior in verschiedenen Werkstattberichten auch ganz direkt Auskunft gegeben:

»Warum nicht einmal [...] die Schiene der Einsprachigkeit durchbrechen? Warum eigentlich nicht bedenkenlos und ohne Rücksicht auf die Philologen diese eingefahrene und, weil man doch mehr im Kopf hat, immer auch zensierende literarische Gewohnheit lyrisch beiseiteschieben und alle biographisch angeschwemmten Brocken und Kenntnisse anderer Sprachen, und seien es auch nur Spurenelemente, einmal quasi gleichzeitig herauslassen? Konkret, wie ich zu sagen pflege: die siebenbürgisch-sächsische Mundart der Großeltern; das leicht archaische Neuhochdeutsch der Eltern; das Rumänisch der Straße und der Behörden; ein bissel Ungarisch; primitives Lagerrussisch; Reste von Schullatein, Pharmagriechisch, Uni-Mittel- und Althochdeutsch; angelesenes Französisch, Englisch ... alles vor einem mittleren indoeuropäischen Ohr ... und, alles in allem, ein mich mitausmachendes Randphänomen.«

»Zum Beispiel das Aufknacken von Wörtern und Wendungen in Bedeutungsklumpen von unbestimmter mittlerer Größe (sozusagen ein molekulares Cracking) und dann Zusammenfügen in irgendwo stupenden, aber exotisch einleuchtenden neuen semantischen Verbindungen hatte ja noch in Bukarest zaghaft begonnen, war *Vom Sichersten ins Tausendste* gelangt, hatte sich dann in der Arbeit an Chlebnikov – mit ganz anderen Parametern – orgiastisch ausgeweitet und ist auch seither, wenn ich etwa an die Sonetburger oder die Palindromgedichte denke, ein maßgebliches Movens gewesen« (beide Zitate aus *Das Unding an sich*).

Dieses Aufbrechen, das da passiert ist auch mit *Der krimgotische Fächer*, hat sich in allen weiteren Büchern von Oskar Pastior in irgendeiner Weise fortgesetzt. Postkrimgotisches gibt es z. B. in den »Wechselbälgen«, die Barriere der Einsprachigkeit verlassend. »Warum nicht etwas ganz Heterogenes hineinbringen, heißt die Frage«, sagt Pastior. »Wenn ich es hineinbringe, ist es ja *mir* passiert, also muss es einen Grund haben, auch wenn ich ihn nicht kenne« (aus einem Interview mit dem Verfasser).

Wer spricht denn da, wenn so vieles spricht? Es spricht »klipp und klar Pastior«, wie er selbst anscheinend überrascht feststellte.

»und nimmt sinn, und gibt sinn, und nimmt und gibt sinn; denn sinn gibt auch was sinn nimmt und sinn gibt was auch sinn nimmt«, heißt es in *Kopfnuß Januskopf*. Die Sache ist wörtlich zu nehmen. Man kann da ganz naiv rangehen. Ruhig mal hängen bleiben, auf der Stelle treten. Und dann mal in einem Rutsch. Und wieder von vorne. Katz und Maus. Gedicht und Leser. Immer noch eines der schönsten Spiele, die es gibt.

Der Spracheninstallateur und Magier Oskar Pastior, dem die Haut (der Laut) näher war als das Hemd (die Letter), vermaß den deutschsprachigen Raum neu. Außer ihn selbst lässt er nichts vermissen. Seinen Kosmos bringt er uns dicht vors Auge, ans Ohr.
Sie verstehen Ihre Welt ringsum nicht? Lesen Sie Oskar Pastior. Sie verstehen sich selbst nicht? Lesen Sie Oskar Pastior. Sie verstehen Oskar Pastior nicht? Lesen Sie Oskar Pastior.
Und ab geht die Klangpost.
Durch – und zurück.

Inhalt

Quellennachweis

Texte aus den Jahren 1952–1957, Offne Worte, Gedichte, namenaufgeben, Vom Sichersten ins Tausendste, Texte der Jahre 1958–1972. Die Gedichte dieser Kapitel sind entnommen aus: »... sage, du habest es rauschen gehört«. Oskar Pastior Werkausgabe. Band 1. Herausgegeben von Ernest Wichner. © 2006 Carl Hanser Verlag München Wien.
Zugrunde liegen folgende Einzelpublikationen: Offne Worte. Ge-

dichte. Bukarest: Literaturverlag 1964; Gedichte. Bukarest: Jugendverlag 1965 (erschienen 1966); Namenaufgeben. Gedichte. War zur Veröffentlichung im Bukarester Literaturverlag für das Jahr 1968 vorgesehen (nicht erschienen); Vom Sichersten ins Tausendste. Gedichte. Frankfurt am Main: Suhrkamp 1969.
Die Rechte an den Gedichten liegen bei der Oskar Pastior Stiftung, Berlin.

Gedichtgedichte, Höricht, Fleischeslust, An die neue Aubergine, Texte der Jahre 1973–1975. Die Gedichte dieser Kapitel sind entnommen aus: »Jetzt kann man schreiben was man will«. Oskar Pastior Werkausgabe. Band 2. Herausgegeben von Ernest Wichner. © 2003 Carl Hanser Verlag München Wien.
Zugrunde liegen folgende Einzelpublikationen: Gedichtgedichte. Darmstadt und Neuwied: Luchterhand 1973; Höricht. Sechzig Übertragungen aus einem Frequenzbereich. Lichtenberg: verlegt bei Klaus Ramm 1975; Fleischeslust. Lichtenberg: verlegt bei Klaus Ramm 1976; An die neue Aubergine. Zeichen und Plunder. Mit 45 Zeichnungen des Autors. Berlin: Rainer Verlag 1976.
Die Rechte an den Gedichten liegen bei der Oskar Pastior Stiftung, Berlin.

Ein Tangopoem und andere Texte, Der krimgotische Fächer, Wechselbalg, Texte der Jahre 1974–1980. Die Gedichte dieser Kapitel sind entnommen aus: »Minze Minze flaumiran Schpektrum«. Oskar Pastior Werkausgabe. Band 3. Herausgegeben von Ernest Wichner. © 2004 Carl Hanser Verlag München Wien.
Zugrunde liegen folgende Einzelpublikationen: Ein Tangopoem und andere Texte. Berlin: Literarisches Colloquium Berlin/Berliner Künstlerprogramm des DAAD 1978; Der krimgotische Fächer. Lieder und Balladen. Mit 15 Bildtafeln des Autors. Erlangen: Renner 1978; Wechselbalg. Gedichte 1977–1980. Spenge: Ramm 1980.
Die Rechte an den Gedichten liegen bei der Oskar Pastior Stiftung, Berlin.

Lesungen mit Tinnitus. Aus: Lesungen mit Tinnitus. Gedichte 1980 – 1985. © 1986 Carl Hanser Verlag München Wien.

Kopfnuß Januskopf. Aus: Kopfnuß Januskopf. Gedichte in Palindromen. © 1990 Carl Hanser Verlag München Wien.

Feiggehege. Aus: Feiggehege. Listen Schnüre Häufungen. © Literarisches Colloquium Berlin 1991. Die Rechte an den Gedichten liegen bei der Oskar Pastior Stiftung, Berlin.

Vokalisen & Gimpelstifte. Aus: Vokalisen & Gimpelstifte. © 1992 Carl Hanser Verlag München Wien.

Eine kleine Kunstmaschine. Aus: Eine kleine Kunstmaschine. 34 Sestinen. Mit einem Nachwort und Fußnoten. © 1994 Carl Hanser Verlag München Wien.

Gimpelschneise in die Winterreise-Texte von Wilhelm Müller. Aus: Gimpelschneise in die Winterreise-Texte von Wilhelm Müller. © 1997 Urs Engeler Editor, Basel/Weil am Rhein.

Das Hören des Genitivs. Aus: Das Hören des Genitivs. Gedichte. © 1997 Carl Hanser Verlag München Wien.

Villanella & Pantum. Aus: Villanella & Pantum. Gedichte. © 2000 Carl Hanser Verlag München Wien.

Mein Chlebnikov. Aus: Oskar Pastior. Velimir Chlebnikov, Mein Chlebnikov. © 2003 Urs Engeler Editor, Basel/Weil am Rhein.

Immer. Aus: Gedichtgedichte. Darmstadt und Neuwied: Luchterhand 1973. Auch in: »Jetzt kann man schreiben was man will«. Oskar Pastior Werkausgabe. Band 2. Herausgegeben von Ernest Wichner. © 2004 Carl Hanser Verlag München Wien. Das Recht an diesem Gedicht liegt bei der Oskar Pastior Stiftung, Berlin.

Gedichte aus dem Nachlaß. Die Rechte liegen bei der Oskar Pastior Stiftung, Berlin.